{ 爱上阅读·中小学生晨读精品选 }

高长梅　许高英　主编

Yi ge ping guo

一个苹果

de N zhong Cun zai fang shi

金长宝 著　的N种存在方式

九 州 出 版 社

JIUZHOUPRESS | 全国百佳图书出版单位

图书在版编目（CIP）数据

　　一个苹果的N种存在方式 / 金长宝著. -- 北京：九州出版社, 2014.10(2021.7 重印)

　　（爱上阅读：中小学生晨读精品选 / 高长梅, 许高英主编）

　　ISBN 978-7-5108-2854-6

　　Ⅰ.①一… Ⅱ.①金… Ⅲ.①小小说 – 小说集 – 中国 – 当代 Ⅳ.①I247.8

　　中国版本图书馆CIP数据核字（2014）第253778号

一个苹果的N 种存在方式

作　　者	金长宝　著	
出版发行	九州出版社	
地　　址	北京市西城区阜外大街甲35 号（100037）	
发行电话	（010）68992190/3/5/6	
网　　址	www.jiuzhoupress.com	
电子信箱	jiuzhou@jiuzhoupress.com	
印　　刷	北京一鑫印务有限责任公司	
开　　本	720 毫米×1000 毫米　16 开	
印　　张	9.5	
字　　数	155 千字	
版　　次	2015 年 5 月第 1 版	
印　　次	2021 年 7 月第 5 次印刷	
书　　号	ISBN 978-7-5108-2854-6	
定　　价	36.00 元	

阅读随想（代序）

爱上阅读。阅读能使我们进一步获取智慧,获取解决问题的方法与能力。

微信中,有一篇叫《读书的十大好处》的文章流传颇广。它概括的所谓十大好处独树一帜:1. 养静气,去躁气;2. 养雅气,去俗气;3. 养才气,去迂气;4. 养朝气,去暮气;5. 养锐气,去惰气;6. 养大气,去小气;7. 养正气,去邪气;8. 养胆气,去怯气;9. 养和气,去霸气;10. 养运气,去晦气。

微信中,还有一篇文章也被大量转发,叫《读书是最好的美容》。文章认为,"人通过读书,在幽幽书香潜移默化的熏陶下,浊俗可以变为清雅,奢华可以变为淡泊,促狭可以变为开阔,偏激可以变为平和"。的确,打开书,便打开了一扇面对世界的窗口,你读天,无际的长天予你灵性;你读地,宽厚的大地赠你理性。打开书,便打开了一面审视生命的镜子,那扑面而来的真善美令人陶醉。

还是微信中的一篇文章,叫《通过阅读解决自己的困惑》。文章认为,阅读不能仅仅是小清新、轻口味、品时尚的浅阅读,有时还得"重口味"。阅读即要脚踏实地,要观看现实,了解人类文化的百态,知识的种种。但是只看"大地"那是不够的,还需要仰望星空,还要读读诸如《论语》、

《庄子》之类的书,以加深我们对人性的理解且不丧失对智慧的信心。

　　再引用著名作家王蒙先生2013年9月发表在《人民日报》上的《"攻读"的日子哪里去了》中的一段话:离开了阅读,只有浏览与便捷舒适的扫描,以微博代替书籍,以段子代替文章,以传播代替学识,以表演代替讲解,将会逐渐使人们精神懒惰,习惯于平面地、肤浅地接受数量巨大、获得廉价、包含着大量垃圾赝品毒素的所谓信息,丧失研读能力、切磋能力、求真求深的使命与勇气,以至连讨论追究的习惯也不见了,苦思冥想的能力与乐趣也没有了,连智力游戏的水准也降到幼儿级别以下了。这样下去,我们会空心化、浅薄化与白痴化,我们的宝贵的头脑的皱褶将渐渐平滑,我们的"灵"的思辨思维功能将渐渐萎缩,而我们的大脑将只剩下海量获得八卦式的信息然后平面地记忆下来、转销出去的"肉"的能力。

　　杨绛说得更好:读书正是为了遇见更好的自己。读书到了最后,是为了让我们更宽容地去理解这个世界有多复杂。

　　爱上阅读。阅读提升我们的素养,阅读最终将改变我们的人生。

那些可爱的梦想

 非常规的想象

第三辑 有点灰暗的城市

送给爱思考的你

 记忆中的乡村

第六辑 **总也抹不去的感动**

第一辑

那些可爱的梦想

我恍然大悟，兴奋得再次端详起那支"神笔"，只见笔套上端端正正地刻着一行小字：勤奋＋汗水＝成功。

种与收

1　地点：乡下

天黑时分，寒风尽情肆虐，行走在路上的人纷纷裹紧衣服，蜷着身子往家赶，眼看一场大雪就要来临。

男孩却和父亲走出家门，顶着寒风往外赶。男孩主动请缨，今夜他要和父亲一起去自家菜园里守夜耙雪。显然，男孩手中的雪耙子要比父亲的小，但男孩扛着那个家伙左肩换右肩，好不自在。

父亲一面叮嘱男孩扣好衣服，戴好帽子，一面告诉男孩：今夜肯定会有一场大雪，赶在雪下的时候，要耙掉大棚上的积雪，以免棚子被压倒了。

三十丈大棚是父亲一年的心血，也是全家一年的主要收成。

赶到自家的菜地时，寒风依旧不停地像刀子一样刮着男孩的脸，男孩有点担心今晚能否担当此任了。父亲领着男孩走进大棚里取暖，里面果然暖和，这暖和的温室里种着辣椒、西红柿、茄子，相比于外面的其他蔬菜，它们早已经移栽成功，这个冬天里，它们会长茎、开花、挂果。来年一开春，这些早熟的果儿会在市场上卖个好价钱。父亲看着满棚子的绿色，舒心地笑了。他和男孩在棚子里铺好的床铺上卧倒，他要先休息一会儿，等待那即将到来的一场"雪仗"。

2　地点：城市

男孩家里早已打开空调,整个屋子里温暖如春。该到了休息的时间了,男孩却打开房里的电脑。父亲趁机溜进儿子的房间里。

经过了几夜的鏖战,父亲已经成功开通了"牧场"。开通了"牧场"后,父亲才知道,原来这里的"牧场"和"农场"息息相关。眼下父亲要做的就是,赶快在农场里种牧草。可是他哪里舍得将种植优良高产作物的田地用来种牧草呢!好在今天他在办公室里学到了一招——要牧草干吗要自己种呢?偷别人的就是了!

男孩正要进入农场,收菜、种菜——父亲一把夺过鼠标:"儿子我来告诉你,你现在必须要种牧草,来!听我的,没错,将成熟的果子全部铲掉,全部种上牧草。"不由儿子分说,父亲快速收菜,铲土,种牧草。一眨眼,牧草就长了好几寸了。

父亲窃喜,跑回自己房间。儿子农场的级别不如自己的,自己现在都开通牧场了,儿子压根儿就不知道牧场是怎么回事。

3　地点：乡下

"儿子,快起来!下雪了!"说话时,父亲已经一个箭步冲出去了。大雪果然如期而至。还好,雪积得不厚,父亲拿着长长的耙子,自上而下,一寸一寸地将雪耙下来,他心疼自己的棚子,用耙子轻轻地抚摸着。

男孩还算勇敢,揉揉眼睛,他已经跑到大棚的另一面。"爸!我在这边耙,看谁耙得快。""好的!"父亲应允着。大雪中,父子俩一步一步地穿梭在大棚中间的沟道里。有好几次,儿子在落满了雪的沟道里跌倒,但是他二话没说,爬起来又继续干活。他听到了父亲大口大口地喘着粗气。

那些可爱的梦想

第一辑

4　地点：城市

两个小时不到，父亲目睹儿子的满园子的牧草成熟。儿子的牧草为什么长得这么快，这个父亲清楚，儿子是至尊会员，每天都有快速化肥赠送。父亲大把大把地伸手偷着。自己牧场里的小动物们都嗷嗷待哺呢！这下就好了。

偷完了牧草，再去喂小动物，这已经用了父亲今晚老半天工夫了。他打着哈欠，定好了闹钟，准备明早一大早，再出去偷一把。

父亲带着收获，满足地睡了。他不知道的是，自己农场大批成熟的高档果实，已经被儿子第一时间，不费吹灰之力掠夺了。

5　地点：乡下

春天到了，天还没亮，男孩跟在父亲的板车后面，往集市上赶了。父亲在前面拉着板车，板车上驮着好几个大筐子，大框子里满满地码着冬辣椒。天亮时，父亲要赶去批发市场，这一车新鲜的蔬菜完全可以卖个好价格。去年冬天下了好几场的大雪，不少人家的棚子被厚雪压倒，今年的辣椒自然减产。幸好，男孩家的大棚一丈都没倒。

卖了辣椒，父亲买了一大袋子馒头塞在男孩的手里。父亲还说，等今年的辣椒全部卖完了，会给男孩买一套新衣，再就是给男孩配上一双运动鞋，男孩在学校里已经学会了打篮球。

6　地点：城市

父亲一走进办公室就打开电脑。等这一批动物长大了，父亲的牧场马上又要升级了。

一打开电脑,父亲立马就在好友里找儿子的农场。这个冬天,自己需要的牧草全部是儿子的农场提供的。令父亲感到奇怪的时,他一直没有发现,原来儿子也早已经开通了牧场。再一看级别,无论是农场还是牧场,儿子的级别早已经超过了自己。

正疑惑的时候,办公室里的小王拍起了他的肩膀:"老刘,你还偷啊?来,来,来,我送你一个外挂!"

"外挂?这还有外挂……"

正上班的时候,儿子学校的班主任给父亲打来电话,叫他马上去学校。原来,儿子近来成绩严重下降,上课时竟然还打瞌睡。

7 地点:城市

一路上,父亲后悔不迭。偷菜,都是偷菜惹的祸。自己的老子靠种菜供自己上了大学,眼下,自己却因为种菜而让儿子荒废了学业。

作家的笔

在认识作家之前,我只是一个普通的文学爱好者,偶尔写些文字投出去,但却始终是一个退稿"专业户"。

在我喜欢的一本杂志上经常能领略到作家的作品,颇为欣赏。他的作

品语言犀利、生动,构思奇妙,且故事幽默、动人。这正是我心目中理想的作家形象,我多想像作家一般,哪怕写出一篇像作家那样的文章也就心满意足了。

我千方百计地搜索作家的资料,了解和作家有关的一切内容,非常幸运,我终于找到了作家,并且还和他在网上展开了交流。更让我高兴的是,作家很热情,而且乐于助人。在和作家的交往中,我得到了他很多无私的帮助。

于是我就经常"骚扰"作家,总想多向作家讨教一些当作家的经验。有一次作家告诉我,写作并没有什么诀窍,无外乎多读,多写。我想,这算什么? 我确实一直这样在做啊,怎么至今没成为作家呢? 我又接着"骚扰",作家又说,要选择好的故事,要运用好语言。我言听计从,严格按照作家的吩咐去做,但仍是收效甚微。纵使再多次的骚扰,我还是没有成为作家。

万般无奈,我向我亲爱的作家发出了"最后通牒",请求他一定要告诉我成为作家的秘诀。作家被逼无奈,最后有些不舍地说,我之所以能成为作家,完全依赖于一支笔。我只要一用那支笔写字,就会文思泉涌,行云流水,写出来的文字自然就能发表。作家又说,既然你如此渴求,我就送给你吧,反正我已经是作家了。末了,作家又叮嘱,以后写文章,只有用这支笔才行。作家平淡的表述,使我异常兴奋。我赶忙不顾一切地向作家索要那支笔。

收到了作家寄来的笔,我先好奇地进行了仔细的观察。只见这支笔通体金黄,在光照下熠熠生辉。但这种外表华丽的笔市场上也不是没有。我又拧开笔身,结构与普通钢笔并无二致,只是尾部的吸管有点特别。吸管分为两部分,前部分好像是用来装墨水的,后半部分沉淀着一些粉末状的物质。除此之外,这支笔再没有什么特殊之处了。可既然作家这么说,肯定有它的妙处吧。

我便迫不及待地吸上墨水写起我构思的一个故事,但奇怪的是,无论我怎么写,就是写不出字来。无论我怎么涂怎么画,即使是摔笔杆子,也写不出半点颜色来,写出来的简直是无字天书啊。

我赶忙打电话找作家，但作家已不在家，我又拨打了作家的手机，作家就是不接。

十分苦恼，一向急躁的我更加烦躁，急得满屋子转，但又不忍就这样放弃了，可无论怎样就是联系不上作家。

当我快要绝望的时候，稿纸上竟显出了一个字，我纳闷，怎么凭空出现一个字呢？难道是神灵显现吗？定睛一看，是我的笔迹啊，但为什么只显现了一个字呢？我又仔细端详，原来那个字上滴着我刚才的一滴汗珠。

我恍然大悟，兴奋得再次端详起那支"神笔"，只见笔套上端端正正地刻着一行小字：勤奋＋汗水＝成功。是啊，之前的我虽然很勤奋，但我的付出还不够，就像那神笔里的粉末状墨水需要汗水作催化才能成功显现出文字啊。

于是我夜夜笔耕不辍，将我的精力化作了辛勤的汗水，一股脑儿浇灌在我的理想之花上。

等我再次见到作家时，我也成了作家。

放羊的孩子

有一回，小山子在山上放羊，羊儿都津津有味地吃着草，小山子却觉得很无聊。突然，远远地他看到了一个人朝山这边走来，看样子是个城里人。那人走近时，小山子这才注意到那人斜背着一个方方的好像书包样的大包，

还戴着个眼镜,看样子就是个有学问的人。那人见了小山子,便说自己是记者,想要采访小山子一下。小山子不知道记者是干什么的,更不知道什么叫采访,只是一味地点头,那个记者便问道:

"你在这干什么?"

"我在放羊啊!"

"放羊是为了什么?"

"爹说,羊长大了,就可以卖钱了!"

"卖了钱又为了干什么呢?"

"爹说,卖了钱就可以让俺讨媳妇了!"说这话时,小山子一点儿不觉得害臊,他十分平静,甚至充满了期待。记者却哈哈大笑。他又问道:"娶了媳妇是不是要为你爹养个大白胖孙子?"

小山子这回吃惊地望着记者:"你怎么知道的?"记者没有回答,依旧哈哈大笑,笑得那么轻狂。"我还知道,你爹说,将来养个大孙子,家来再多弄一圈羊,这样挣得钱就更多了。"小山子目瞪口呆地望着记者。

记者头也不回地走了。走的时候,他甩了甩手说,又白跑了一趟,我以后再也不会来这么死气的地方,一点惊喜都没有了。多少年了,连我爷爷当记者的时候采访的问题,到现在还是这一个答案。他摇摇头说:"胸无大志,不可救药!"

回到家,小山子把自己今天的见闻告诉了他爹。他爹笑了笑,点着了烟杆,对小山子说:"你今天是被别人笑话了,人家是看不起咱放羊的啊。爹在你小的时候,也像你这样被采访过,被别人笑话了都不知道。唉,咱祖祖辈辈都这样被人笑话了。"小山子眨了眨眼问爹:"那怎么样才能不被别人笑话呢?"爹说:"有记者来采访时,咱不能老是说,咱放羊就是为了挣钱,挣钱就是为了讨媳妇,讨媳妇就是为了养小放羊的。咱要说,挣钱攒学费,以后要考大学,考上了大学,咱做什么都可以,咱还可以当记者呢!这么说别人不但不会笑话你,还会对你竖起大拇指呢!"听了爹的话,小山子点了点头,暗暗记在了心里。

自那以后，小山子便努力学习了，努力学习的小山子成绩门门都好。爹养的羊也很好，卖了钱正好让小山子上学。后来，小山就考上了大学，再后来小山子竟也当上了记者。当了记者的小山子便觉得自己扬眉吐气了，总算没有养一辈子羊，以后再也不会被别人笑话了。小山子当记者的时候很卖力，勤于跑采访，认真写稿子，经常受到上头的表扬。

有一天，小山子接到个任务，去趟山区里采访，看看那里人们的生活状态。小山子笑嘻嘻地接受了任务，很久他没有去过山里了，很久他没有看过山里放羊的人们了。他累得气喘吁吁地跑到山里，迎头便看见了一个放羊的孩子。羊群在一旁津津有味地吃草，放羊的孩子手里拿了本书。小山子很兴奋，心想放羊的孩子手里拿本书，这倒是很少见。他开口便问：

"你在干什么？"

"放羊啊！难道你看不见吗？"

"哦，看到了，看到了！那你放羊是为了什么？"

那孩子有点不耐烦了，便说："放羊就是为了挣钱。你是不是还要问我挣钱是为了干什么？"

小山子很吃惊："你怎么知道的啊！"那孩子放下书，显得有点无奈地笑了："告诉你，我不会说我挣钱就是为了讨媳妇，讨媳妇就是为了养个小放羊的。我爹说，挣钱是为了考大学，考上大学，人家就不会笑话咱了。考上了大学当什么都可以，还可以当记者呢！"小山子目瞪口呆。

那孩子摇摇头说，真没意思，你们这些当记者的真没意思，问的问题都是一个样，真没有新意。说完，转身赶羊去了。

二哥有才

我二哥真"有才"！这倒不是因为他学习成绩有多好，他上五年级的时候，语文数学回回考试，两门加一起不超过六十分。每次上课他总是蒙头睡大觉，站黑板更是他的家常便饭。倒是有一回，老师讲课文《冀中的地道战》，我二哥突然从座位上站起来了，两眼放光，全班都被他吓住了。照例，二哥被罚站教室门口。可是那天，站在门口的二哥酝酿着一个伟大的计划。

那个计划从当天晚上就开始施行了。这些行动都是我独来独往的二哥自己一人干的，我二哥向来如此。二哥他娘去世得早，他爹一个人忙里忙外自然管不了他。有一阵子大家都迷上了捉迷藏，没地儿，我二哥有办法，他把大伙儿都召到他家去了。二哥家里宽敞，我们随便躲在哪个角落，都可以过足捉迷藏的瘾。不过那天我们玩得不够尽兴，因为二哥躲在房门后头的时候，一不小心打翻了尿桶，弄得满屋子的臊气。可是二哥好玩的德行还是没改。

那个夜深人静的晚上，我二哥开始行动了。他是怎么行动的，我们都不知道。这个计划进行了多少天，我们也不清楚。只是两个月后的一天，我们接到了二哥的邀请。那天下午，我们跟着二哥进了他家的牛棚。二哥神秘地把我们带到牛棚的角落，他扒开了一层草，下面豁然出现了一个圆洞。二哥朝洞里一伸脚，哧溜一下就下去了。我们都惊呆了——原来这是个地道。

我们都迫不及待地往里钻,进口很窄,只能容得下一个人,溜进去后,才发现里面是个宽阔的地方。二哥用火柴点亮油灯,呀!里面少说也能容得下五六个人。让我们惊奇的是,里面还藏着二哥的很多秘密武器:一坛子弹球,一盒子纸牌片,还有十几把"泡树果枪"……在那以后的日子里,二哥家的地道便成了我们快乐的天堂,在那里我们可以干我们自己想干的所有事情,不用在乎我大伯严厉的目光,不用在乎我三大爷的木头棍子。我们满心以为,我们哥儿几个可以在那里快活一辈子的,没想到被二奶奶的两头小猪给打断了。

我二奶奶也算是个"有才"的人,这在村里算是公认的了。比如,二奶奶家养鸡基本是不用喂食的,人家养鸡都是放自家院子里,二奶奶家的鸡多少年都是散养。别人家的鸡喂食了,二奶奶家的鸡准时去埋头苦干。二奶奶家的十几只鸭子和大鹅也都是散养在圩里头,大圩里有青草,有鱼虾,也有稻田。要是糟蹋了庄稼,没人敢数落二奶奶,我二奶奶是个寡妇,在村里吵架是出了名的。比如有一回,我二奶奶家的一头猪秧子跑到马路上去了,结果撞上了一辆大卡车,一命呜呼了。二奶奶知道了,抓住了那司机理论。凭借她的三寸不烂之舌,硬是叫那人留下三百块才放人走。我二奶奶说:"这算是便宜他了,我那小猪崽儿养大了,准能生一窝小猪的,一窝小猪再养一窝,能算得清吗?"三百块啊,够买十个猪秧子了。我二奶奶后来只买了两头小猪秧子,村里谁不知道我二奶奶那个乐啊。不过倒也奇怪,我二奶奶家那两头猪秧子当天晚上就失踪了。那晚我们都跟着二奶奶找了大半夜,也没见着一头猪的影子。接连三个晚上,我们都陪着二奶奶圩里后山满处找,都不见踪影。虽然二奶奶不甘心,我们还是放弃了寻找。

那天晚上我们又进我们的地道里玩去了,一进去,两头死猪崽躺在里头,把我们吓得半死。

老摸

　　我是个急脾气的人，却有个慢性子的朋友——"老摸"。因为他平常做任何事情都是慢慢腾腾、磨磨蹭蹭，这摸摸，那找找，到后来总是落后于别人，自然就得了这个绰号。

　　记得那是我们刚上中学时，每天总是我先到他家等他，然后眼睁睁地看他穿好衣服，刷牙，洗脸，再满屋里找袜子，最后穿鞋。等出了门，旋即又回头走进屋里，找自己忘带的东西，不是丢了书，就是丢了笔。有一回，好歹都收拾好了，刚跨出家门，他突然惊呼："呀！内急了！"我真是一头恼火。他见我满脸怒色，边往茅厕走边喊："等我十分钟，就十分钟……"可等着等着竟过去了半个小时，无奈的我只好奔向厕所，原来他正捧着一本书在那津津有味地品着。

　　就算是到了学校，他也总是拖我的后腿，上课的时候总是埋头在纸上写写画画，可下课了对老师讲的知识却不懂，总少不了要"纠缠"我一番。每次作业都是最后一个交，害得我这个小组长太没面子。

　　我发誓以后要离开"老摸"，再也不和他这样的人在一起学习了。

　　中考了，我以高分考入了师范，可他也紧跟在我的后面。我埋怨"老摸"："这会儿你咋不'摸'了呢？"正如我每次责备他一样，他都憨憨地笑着说："咱俩到哪都一块儿。"

　　可后来我们却没在一个班，偶然在一起踢踢球，我当前锋，他总是做我的后卫。我负责进球,他负责防守,倒也配合得默契。

有一次,听人说他生病了,我赶忙去看。他躺在寝室,说是肚子疼,不碍事的。我知道他家穷,我也知道"老摸"这次又要磨蹭了。我连忙把他拉起来,那时他肚子胀得鼓鼓的。后来大伙儿拖着他去做检查,才知道是肝出了毛病。

看来我终究是和"老摸"分不开的,果不其然,我和"老摸"分到了同一所学校。当老师他依然发扬他的老摸作风,几乎每堂课都要拖堂,上课总是先不进入主题,先磨叽几句,再不紧不慢地"闲扯"一番。这样每到学期结束时才勉强结束新课。他改学生的作文可真是超慢,每篇文章总要看上几遍,再慢慢写上评语,一写就是一页。当然每周的作文总是改不完,总少不了让教导主任批评。我以为"老摸"这样的作风教出的学生肯定是要一塌糊涂的,可没想到他的班级语文成绩总是比我带得好。

后来我谈上了个女朋友,当然"老摸"肯定是不着急的。每次带着女朋友去刺激他时,他却一点都不眼红,一次我们大家一起下馆子喝酒,酒桌上大家都尽显英雄本色,三下五除二每人干了四五瓶,当时我模糊地记得,当然"老摸"肯定是要磨蹭的,根本不会喝那么多。喝完酒,大家都骑着摩托车一溜烟地走了,我带着女朋友潇洒地飙着车子。

后来,我走错了路,竟把路旁的大树当成女朋友,车子和大树"亲吻"了。当时就血流满面,昏倒了,女友也惊呆了。

等我醒来时,已经躺在医院了,女友告诉我当时"老摸"走在最后头,发现我不在,就掉头找我,幸好"老摸"发现得及时,要不然我这小命就玩完了。

真是祸不单行,因为恋爱而耽误了时间,竟然把教学也弄得一塌糊涂。再加上这次事故,当时真是郁闷极了。

幸好有"老摸"来陪我,他送我一本书,我打开书,看到扉页上写着一句话:"送给宝——走得快容易跌倒,让我们一起做'老摸'吧。"

我永远记得"老摸"这句话。

那些可爱的梦想

第一辑

最美丽的图片 🍃

一年一度的"最美丽的图片"展览如期在"艺术之都"俊城举行。而今年"最美丽图片奖"获得者竟是已经连续两年落败的摄影师阿古。

俊城人爱美,爱艺术,更懂得欣赏艺术。"最美丽的图片"展览是俊城每年众多艺术比赛中的一个亮点。这个众人关注的焦点,既向全国展示了俊城人对美的热爱,又表现了他们对艺术的追求,因此"最美丽图片奖"简直就是俊城人心中的"奥斯卡",这几乎是每个俊城人所追求的,也是每个俊城人每天都要讨论的重要话题。

在俊城众多的摄影师中,阿古和阿现是表现最为突出的。他们每年的参赛作品总是能从众多的作品中脱颖而出,因为他们总是能以独特的视角去捕捉生活中美的细节、美的亮点,因此他俩的作品总是能独辟蹊径、别出心裁,博得观众的好评。纵观这几年的比赛,总是他俩能展开最后的角逐。

让阿古感到郁闷的是最近的两年,他总是一碰到阿现就输。

第一年,阿古的一组参赛作品是"绚丽的城市",着力表现城市建设的飞速发展,处处洋溢一个勃勃生机的现代化都市的魅力。为了拍摄这组照片,阿古几乎跑遍了整个俊城。雄心壮志的他,没想到却被阿现的一组"小桥流水人家"打败了。据说阿现不费吹灰之力,在城郊待了一个月,就完成了这组"回归自然"的拍摄。已经饱受现代城市烟火的俊城人一下子被阿现的作品吸引住了,他的作品简直是俊城人心灵的归宿。有一幅作品竟被一个开发商当场以二十万的价格买下了。他说要照样子来开发俊城的"桃花源"。

遭受严重打击的阿古决心第二年一定要打个翻身仗,经过第一次失败,阿古似乎总结出了点什么。他感觉到好的作品应该体现出以人为本的思想。他决心深入这个城市的底层,感受一下普通人生活中的美。经过一年的努力,阿古拍摄了以"文明的城市"为主题的"城市瞬间"的照片。这里有戴红领巾的小女孩领着盲人过街,民工赤膊战斗在工地,市长慰问下岗工人……最让阿古感动的一幅画是,市民集体追悼见义勇为的烈士的场面。

第二年,当阿古的作品展出时,前来参观的人们不禁赞叹不已,有的甚至潸然泪下。可是当人们走到阿现的作品面前的时候,人们几乎都瞪大了渴求的眼睛,脚也挪不动步了。原来阿现今年的作品是以一幅幅的女性形象为主的人体艺术照片。这种大胆前卫的艺术形式俊城人可是第一次这么强烈地感受到。照片上女模特千姿百态的人体,各种色光映衬下美妙的色彩在俊城人的心目中产生了巨大的冲击力,一种无以言表的艺术美彻底征服了俊城人。最终,阿现又以绝大多数观众的投票数获胜了。

这一次的失败几乎让阿俊丧失了人性的关怀。在得知阿现又要在人体上下功夫后,阿古也开始尝试钻研人体。第三年的比赛在人们的一片欢呼中又开始了。没想到的是今年阿现没有再次展出人体艺术,他感觉似乎俊城人对这种单纯赤裸裸的女性身体已经没有多大兴趣了。他今年的作品是一组更为精妙的"人体彩绘",这种将人体艺术和绘画有机而完美地结合的艺术形式,更提高了俊城人对美的认识。几乎所有的观众又一次聚到了阿现的作品前面。

当人们不经意地经过阿古的作品时,竟发现他也是采用了以女性为主的手法。可是这次人们竟被他的画深深地吸引了,所有看过他的作品的观众就再也没有离开了,人们久久地伫立着,欣赏着,赞叹着。原来阿古的作品是一组孕妇,画中的孕妇们以特有的方式展示了一种原始的美,孕育生命的美,慈祥的美。

这一次，阿古终于获胜了，一种真正的艺术生命力也在俊城人的心中渐渐萌芽。

遐想

和许多来青岛旅游的游客不一样，作为一个打工者，我来到这个陌生的城市，是为了寻找一点可以谋生的事情去做。

不过，第一次去青岛的人，一定会被这儿的美丽景色所吸引。碧海、蓝天、绿树、红瓦，仿佛置身在一个美丽的童话世界，使人流连忘返。

最使我感兴趣的还是青岛的路名。一条条路名竟是一个个的地名——安徽路、江苏路、上海路、香港路、聊城路……一次次，默默念着这些路的名字时，我会突发奇想：青岛的路名中会不会有我的家乡巢湖呢？如果有，这条路和我的家乡巢湖会不会有什么联系呢？于是，每次坐在公交车欣赏风景时，我总会睁大眼睛，搜索那一条条路名。

终于，一连串的带有"湖"字的路名跃入我的眼帘，有洞庭湖路、太湖路、鄱阳湖路……末了，我真的发现了巢湖路，于是我毫不犹豫地下了车。

漫步于巢湖路，踏在青色的石板路上，两旁是林立的欧式建筑。"巢湖路"竟和巢湖没有一点关系，我不禁有些失望。

突然，一句熟悉的叫卖声吸引了我的注意："你要子哥（几个）……"多么朴实的乡音啊，没想到远在海角的小巷竟会听到家乡的方言，又是在这条叫作巢湖路的街道旁。我赶忙凑上前去，高声说道："给我来十个。"店主看来和我差不多年轻，但沾满油污的手，以及脏乱的脸、衣服显出了和他的年龄不相称的苍老。起初，他没在意，麻利地装好了十个油条。准备递给我的时候，他突然意识到了，刚才我是用乡音和他对话的。

有那么一会儿，他呆呆地望着我，我也望着他，最后我们都笑了。

我陪他做完了那点生意，我们就漫无边际地聊了起来。越聊越多，越聊越近。

我说，我刚从老家出来，想找个小摊点做生意。我去过很多地方，南京、上海、北京、天津，但都连连碰壁。主要就是人生地疏，没个人引路。终于来到了青岛，我多想找一找咱家乡的人啊。

他说："这不就找到了吗？做生意就是靠人带的啊。你先跟我后面干，做熟了，你就在附近租个门面自己做，不过要离我稍微远一点哦，到时别抢了我的生意。"说完他呵呵地笑了。

我也呵呵地笑了。我就知道我一直要找的巢湖路一定会给我带来奇迹的。我开心地跟在他后面学，不久我就学得差不多了。于是，就离开了他。

我在巢湖路附近租了个门面，开了个小店。干脆，我的小店就叫巢湖店吧。于是每天我都开心地叫卖着：你要子哥（几个）！你要子哥（几个）！

一天我正在叫卖的时候，突然又来了一个和我差不多大的小伙，他冲上来就喊，我要十个。那迷茫的眼神中略带惊喜，就像刚来时的我。

我毅然地像当初接待我的那位大哥一样，接待了他。我让他在我的店中先学了一段时间，后来又让他在附近租个门面自己做生意。

于是，巢湖路上的巢湖人越来越多了，巢湖路上的巢湖店也越来越多了。巢湖路成了名副其实的巢湖路。

再以后的事，我就不再遐想了。因为此刻的我还只是漫步在巢湖路上，我在寻找我要找的摊位，我在寻找我要找的巢湖人。但耳边只是嘈杂的人群，纷乱的车辆。我多想听到巢湖方言的卖声——你要子个（几个）！

但是，什么也没有，巢湖路还只是巢湖路。

那些可爱的梦想

第一辑

偷拍

八岁的男孩一整个夏天都是和一头牛在一起度过的。

在每个烈日灼烧的午后，男孩就骑着牛儿走出村庄，走进田野的深处。在一条条不被察觉的田埂边，男孩能够准确地找到肥嫩的水草。牛儿吃了个饱，便懒洋洋地驮着男孩去戏水。男孩爱戏水，他几乎可以在水面上打滚，在水底里钻洞。兴致高了，男孩会将自己脱个精光。然后他踩在牛背上，昂着头，挺着胸脯，那样子一点不亚于"英雄大卫"。特别值得一提的是，脱光了的男孩有着雕塑一般厚重的肤色。

男孩在牛背上纵了纵，然后原地跳起，一个鱼跃，他泥鳅样的身体，划出了一条美丽的弧线。伴着轻盈优美的水花，男孩成了河底里的一条鱼。

这一瞬，早已被潜伏在稻田边的记者抓住了。他用镜头定格在男孩落水的一瞬间。然后，他像获得了宝贝似的，偷偷地溜走了。

一周后，一张名为《夏鱼》的照片刊登在城市的日报上。照片的主角就是已经将自己变成了一条鱼的男孩。

偶然的一天。男孩的父亲，无意中看到了这张叫作"夏鱼"的照片。他吐了口唾沫在那张废旧的报纸上，啥玩意？这泥鳅样的小子还不如我儿子呢？我儿子是真正的泥鳅。他不屑地瞅了瞅照片上的男孩，没想到，那侧过半边脸的男孩一下子就被他给认了出来，呀！这不是我的儿子吗？男人惊呼道。我儿子怎么上了报纸了呢？这光屁股的就是我儿子啊！

男人攥着报纸，急匆匆地跑到了报社。他逢人便问，你们为什么要把我儿子光着屁股的样子给拍下来？几番询问，男人终于见到了记者。记者显得很尴尬，但他还是耐心地跟男人说，是的，这个照片是我拍的，可是你看，这张照片难道不美吗？那个男孩，也就是你的儿子此时难道不是一个大自然的精灵吗？他尽情地享受着大自然，他已经完全融入了大自然，这就是我要表现的主题啊！——人与自然的和谐。男人如云里雾里，他打断记者的话说，我不懂那些，反正你没经过我的同意，就将我儿子的光着屁股的照片给拍了下来，还登上了报纸，这叫我的儿子以后怎么做人？听着男人的话，记者显得很无奈，他苦笑着说，那你看怎么办呢？男人从口里迸出了准备已久的两个字——赔钱。

男人几乎不费力气，得了一千块美滋滋地离开了报社。

回到家里后的男人一连兴奋了好多天，几乎每个烈日灼烧的午后，男人都会带着儿子去河边洗澡。而且，男人养成了一个习惯：光着身子下河洗澡。多少次，男人在心底里期盼着记者能再来一次，做好再拍一次他赤身裸体洗澡的样子。多少次，男人喃喃地说，难道我不像一条水里大鱼吗？而在儿子的心里，父亲游水的样子简直就像一条慢吞吞的海龟。的确，父亲做任何事都慢得像乌龟。他慢吞吞地跟着儿子上河埂，做好跳水的准备。

儿子再一次像一条鱼一样从田埂上纵身跳入河里，伴着那优美的弧线，水花轻溅——父亲则像只大海龟似的，随后也"扑通"一声落入水中。聪明的记者再一次拍下了父子二人赤身裸体跳水的场景，而且他已经给这幅照片起好了名字——《鱼和乌龟》。

胡来

　　胡屠夫的儿子胡来长到了二十岁,一事无成,连个杀猪刀子都不敢拿,只会跟他老子逮猪尾巴。偶尔他老头子叫他刮猪毛,他也是有气无力,刮一块,留一块。

　　村里和他差不多大的孩子,要么念书考出去了,要么就是出去打工了,有的甚至自己当了老板。只有这个胡来,跟五十斤小猪似的——宰也不能宰,杀也不能杀。打小他就昏昏庸庸,书念不好,后来拜师学木匠瓦匠的,那最多也是学不了三天,叫师傅给送了回来,原因就是太笨。要不是胡屠夫的老婆护着,依着胡屠夫的性格,早晚是要把那小子给打死了。

　　可是有一件事情让胡屠夫长了脸面,也让他改变了对儿子的看法。

　　那一年快过年了,村里有人家要请屠夫到家里杀猪。胡屠夫便优哉游哉地拉着自己的一套家伙,带着儿子,一同帮人家打理。帮人杀猪,是个美差,除了吃了喝了,还拿了工钱,临走时更要带上人家的几斤花油,他当然乐不可支。他每次出去总是带着不成气的儿子胡来,儿子虽然不敢宰猪,但可以帮他打打水,刮刮猪毛,好让外人知道他胡屠夫后继有人,好不让人家取笑他的儿子无所事事,在家游手好闲。

　　那一次,原本是让胡屠夫丢了大脸的。

　　和平常一样,绑了猪腿,上了架,胡屠夫拿了长刀对准嗓子眼,一下下去,猪血飞溅。看起来一切进行得是那么熟练。可没想到在猪要下水烫的时候,那个块头很大的肥猪却不知怎么的,挣脱了绳子,四下里跑了起来。那家伙跟个无头苍蝇似的四处乱撞,逮猪的人都吓了一跳,这情景胡屠夫也是头一回见到,也吓得不知所措。

那头猪好像认准了跟人有仇,一连撞倒了几个人。胡屠夫跟大家一样,也只有躲的份了。都说狗急跳墙,没想到猪急了也会发疯。真不知道这头疯猪会做出什么更可怕的事情。这回,胡屠夫的脸丢大了,杀了二十年的猪,竟然一刀宰不死,还闹出这个笑话来,这以后还怎么混啊。

他的儿子胡来就站在原地没动,眼看就要被撞上了,没想到的是,就在这个紧要关头,只见儿子突然抽出一条腿,对着猪头就是一脚。就一下子,那头猪被踢倒在地,然后就跟堆软泥似的躺在地上吐白沫。

众人都被惊呆了,没想到胡屠夫的儿子竟有这个本事。有人还抱着他的那条腿端详了半天。

那件事情后,胡屠夫儿子的"霹雳腿"就在乡里传开了。儿子临危不惧的精神一时间传成了佳话。

胡屠夫万万没有想到,一向为自己丢面子的儿子这回却为自己争了光,而这就得要感谢那条腿。莫非这条腿真的有什么特别的功力?于是从那以后,每回杀猪,放完刀后,总是让儿子再在猪头上来上一脚,好让他重温一下那天在众人面前"霹雳"一腿的光彩。每回儿子都使劲地对准猪头就是一下子,之后,再没有见过哪头猪放完刀后还能再爬起来了。胡屠夫更是高兴得合不拢嘴。每每杀完猪总是高兴地向外人夸耀自己的儿子。吹着吹着就变成了——儿子的霹雳腿简直是无所不能了,他现在几乎不用屠刀宰猪了,只要儿子对准猪头,就一下子就将猪踢得再也翻不了身,然后再放放血就可以了。

牛皮吹大了,四里八乡的都想过来亲眼看。

那一回,可真是来了不少人。胡屠夫干脆将那头要杀的猪给放了绳子,跟上回一样,那猪又是活鲜得满地跑,当然,死到临头的猪,跑得更欢了,简

那些可爱的梦想 第一辑

直跟电视上的那个西班牙斗牛一搬,撞得众人吓得直叫。儿子胡来依旧站在那儿不动,好像等着那头猪来撞他。果然,猪来了,儿子一提腿,对着猪头就是一下。

猪头流血了,好像掉了两颗牙。众人又是一惊:胡来抱着自己的腿蜷在地上乱号,就像被逮上架的猪。

胡屠夫赶忙将儿子送到医院,这才知道儿子的腿已经骨折了,似乎那条腿早已经弯曲变形了。

那以后,儿子依旧一事无成。

一个爱玩刀的孩子

我正在上课,校长慌忙进教室喊我,说我们班汤成同学的家长打电话来,请我务必马上去他家一趟。校长说得那样紧急,我也就没说什么,放下课本,就去了。

村子离学校不是很远,我边走边想着。汤成的事我是知道的,他的妈妈得了癌症,前几天去世了,今天是他妈妈出殡。"唉……这个小孩真是太可怜了。可这个节骨眼上,喊我去做什么呢?"我很疑惑,但还是三步并作两步赶着路。

要说这个汤成,可没少让我淘神。记得我刚接这个班的时候,他在班里很调皮,经常和同学打架,作业也是经常不做,玩性特别重。我来了以后,

——把他的这些恶习给改掉了。可他课堂上依然很调皮,特别爱玩小刀,自己的桌子上画了一条条的痕子不说,还经常用小刀做些恶作剧。记得有一次,竟然用小刀划伤了同学的手指。为此,我没少没收过他的刀子。

可就是这样,他课堂上还是要玩刀子。直到有一次,我去了他家。

那天我去的时候,他的妈妈已经病倒在床上了,听村里人说,是要等死了。他的爸爸接待了我,我把情况跟他说了,他爸爸似乎没有心思跟我说这些,只是跟我说他妈妈的病情千万不要告诉孩子啊。我点了点头。后来,她妈妈似乎知道我去的目的了,轻声地把汤成喊到身边,吃力地对汤成说:"孩子,上课要注意听讲啊,不要玩刀,玩刀妈妈就不喜欢了。"汤成顿时就哭了:"妈妈,我要刀,我要为你开刀。"妈妈笑了,笑得满眼泪花。

那天,我怀着沉重的心情离开了他们家,我觉得我这个老师当得可真是失败,连孩子的心事都不知道。我真该多给这个即将没有母亲的孩子一些关心。

可从那以后,他就再也没有玩刀子了,上课时,却老是走神,沉默不语。我没有说他什么,我想他估计是知道妈妈的病情了吧。

果然,没几天就听说他的妈妈去世了。

我很快就到了村里,到了汤成家。一群人围在那儿,殡葬车都在一旁等着,情景很是凄惨。见我来了,都很期望,他爸爸连忙把我迎进屋里。一进屋我呆了:屋里正中摆着他妈妈的遗体,汤成手拿一把菜刀在一旁,不让任何人靠近。他发疯似的吼着,谁也不许动他妈妈。在场所有的人都哭了,但是出殡可不能耽误啊,人死不能复生啊。所有的人都望着我,希望我有什么办法。见此情景,我除了悲伤,也是束手无策啊。我喊了喊汤成,他没理我。我试图凑到跟前抢下他手中的刀子,他挥舞着刀要砍我。看来他真的是要疯了。

我呆立在那儿,看着他妈妈慈祥的遗容。渐渐地我的眼泪也流了出来,为这个可怜的母亲,为这个可怜的、无助的孩子。我又看着汤成满脸是泪的脸说:"孩子,玩刀妈妈会不喜欢的。"

那些可爱的梦想

第一辑

敢为圆梦"死去"千百回

查克·兰布大学毕业后,顺利地谋得了一份高薪水的工作。凭借着名牌大学的文凭和良好的专业技能,不到五年,他就跻身 IT 行业的软件工程师职位。

相对于这个行业的高薪水,高强度工作下的压迫感、乏味感也随之而来。因为疲倦,有好几次,他一边捧着便当,竟然一边靠着墙壁打呼噜。即便如此,充满生活热情的他,总不忘每晚回家后欣赏一部自己喜爱的电影。

记得有一个晚上,他又一次躺在沙发上睡着了。睡梦中的他突然被一声尖叫惊醒。他揉揉睡眼——原来妻子正惊恐地站在他的旁边。妻子生气地对他说:"太吓人了,你睡着的样子真难看,简直像具死尸!"面对妻子的数落,查克只好尴尬地站在一旁傻笑。

查克很清楚,自己岂止是睡姿难看,其实他的长相更难看。在中学时代,他曾经就梦想过成为一名演员。有好几次,他都想报名参加班级里的话剧演出,但总是被同学嘲笑。有位老师曾经毫不留情地告诉他,下一次,我们需要一个"老头儿"的时候,你不需要化装,就可以直接上台。果然,后来刚三十出头的他就已经谢顶,成了名副其实的"老头儿"。

在办公室里,查克也是同事们嘲笑的对象。每天中午,经理艾克总是对正趴在办公桌上午睡的查克说:"死尸,死尸!该工作了!别再给我装死了!"

可真是一语惊醒梦中人，有一天晚上，查克就梦见自己在当时很火爆的电视系列剧《法律与秩序》中扮演一具死尸。这给他带来灵感，他激动地告诉妻子："我可以成为一名'死尸人'，每部电视剧都需要死尸。"

说干就干。查克特意邀请了一位专业的摄影师为自己拍摄了近千张装扮死尸的照片。他还专门建立了自己的网站，将这些照片传到网络上，开始了自我"推销"的历程。他这样分析自己扮死尸的优势：我看起来真的像死人。我面色苍白，你见过面色红润的死尸吗？我是秃头，所以可以戴任何样式的假发；我还有眼袋，演僵尸或者死人再合适不过。

不仅如此，他还苦练"演尸"功夫。在他看来，演死尸可不像打呼噜那么简单。在查克眼里，一名合格的死尸演员，除了要有演技以外，更要有超凡的忍耐力和超强的毅力。为此，他总是会选择在适合死尸的环境里考验自己。他有时会将自己泡在泥浆里，有时会将身上涂满红色玉米糖浆，有的时候还在身上撒上蛆虫……有一回他躺在一堆臭烘烘垃圾堆旁一动不动，准备练上半个小时，可是没想到，一只肮脏的猫竟然爬到他的身上给他挠痒痒，他终于没能忍住，又生气又好笑地朝那只猫发了一通脾气。还有一次，他光着身子躺在公园的椅子上"装死"，不一会儿，警察冰冷的手铐竟然套在了他的手上。就这样，他忍受万般不一般的"屈辱"，终于练成了独门绝技。

一年后，他应邀出演了自己人生中的第一部电影，此时他已经是个四十岁的标准老头儿了。在一部名为《失败者》的影片中，他扮演了一位被男主角的飞车碾死的路人。在影片中，他只出场了不到十秒的时间，而且面目全非，血肉横流，但他依然无比开心。

随着接二连三地出演死尸的角色，后来他干脆放弃了IT工程师的工作。从2005年起，他转行从事专业死尸的扮演，开始活跃在大荧幕上。有一次他得意扬扬地告诉记者："当我一扮演死尸时，便发现了自己面色惨白、头发秃顶和下垂的眼袋能让饰演的死尸几乎以假乱真。"显然，他太享受自己作为一名的演员的荣耀了。

当然，扮演死尸并不是一份轻松的工作。查克必须保持白皙的皮肤，保持便于戴各式假发的秃顶以及没有毛发的后背等。即便如此,对于扮演死尸所带来的名气,查克却十分享受。在他的演艺生涯中,最令查克欣喜的时刻是受邀参加亲笔签名秀,他能深切体会到人们是多么渴望拥有他的签名。当然,借着身处演艺圈的良机,查克也能接触到自己喜爱的演员。

如今,他已经在近五十部电影中扮演过各式各样的死尸——浑身扭曲,倒在卫生间的门口;被一枪毙命,手捏报纸趴在写字台上,鲜血洇红了报纸;脖子上缠绕着绳子吊死在楼梯口的失意男人;被莫名毒药杀害,倒在菜盆中的死不瞑目的老板……这些死尸无一不生动形象,以假乱真。

查克说,他接下来的梦想是演完一百部电影,这也就意味着,他接下来至少要“死去”上百回,在接受《纽约时报》的访问时,他信誓旦旦地说:“即使‘死去’一千回,我也无怨无悔。每个人都想在世界上留下一些痕迹,那就是完成他们的梦想。我知道自己的梦想很奇怪,但那就是我的梦想。”

第二辑

非常规的想象

我决定发布一则广告：本人事业有成后，十分思念已故的母亲。为了弥补母亲在世时没有好好孝敬母亲的遗憾，现有意花十万元购买一名母亲，当成自己的亲生母亲服侍。有意者请到××大厦一楼具体洽谈。

删除记忆

K博士的工作室开始对外开放的第二天,他就接到一项任务:为一个痛苦的人删除大脑中的一段记忆。

记得那是一个下午,有个面色苍白、神情恍惚的人来到K博士的工作室。一看那人的面色,K博士就若有所悟地说:"你最近经常失眠吧!那是你大脑中的痛苦记忆在作祟!"K博士的话还没有说完,那个人顿时泪如雨下。"没事的,振作点!"K博士习惯性地递过一些擦拭泪水的纸张继续说道,"每个人的人生都不可能全都是欢乐的,痛苦总是与欢乐相伴而生。但是往往痛苦刻在我们大脑记忆中的深度总是远远超过欢乐的。有的人就是总也无法抹去那些痛苦的记忆,以至深陷其中,无法自拔。不过,请放心,我已经成功攻克'删除记忆'这个难题了。我通过对自己的实验,已经取得了一定的研究成果。你看,我多快乐!昨天我已经成功地将我人生中的一切痛苦记忆全都给删除了,即使有新的痛苦记忆,我也可以立刻将它删除。你看,我的手指昨晚被实验室里的玻璃扎破了,我现在一点都感觉不到疼痛了。"K博士一边说着,一边显出得意的样子。

"这样吧,我不需要知道关于你的痛苦的具体内容,只要你告诉我那段痛苦发生的具体地点、时间,我就能够根据这些信息从你的大脑中找到那段记忆,然后直接删除掉就可以了。"K博士随手递给那人一张表格。

听了 K 博士的话，那人一边感激涕零，一边开始用笔填表格，写着写着，他又泪流不止。

那个人在 K 博士的实验室里连续待了一个礼拜的时间。这段时间里，K 博士利用他的仪器调出了病人大脑记忆库里一大段资料。经过烦琐的分类查找和大量细致的排查工作，K 博士终于找到了那条记忆的位置。

就在 K 博士准备删除这条信息时，他忽然发现这条记忆信息的容量简直太微小了，小得简直无法提取。可是别看它小，但是它与大脑记忆库中的许多其他信息都有所关联，如果直接切断的话，势必会破坏整个记忆库。而对于这个难题，K 博士似乎还没有完全攻克，他开始有点措手不及了。

正当为此感到棘手的时候，那病人接到一个电话。像导火索一样，听到电话那头的讲话后，他急得直跳并且痛苦地大叫着："怎么可能？为什么要和我分手，难道你还嫌我不够痛苦吗？怎么可能？求求你，不要和我分手……"任凭他怎样呼喊，电话那头依然还是两个字——分手。最后，他无力地瘫坐在地上，痛苦地号叫着。

"别哭了，别哭了！还是让我来帮你删除掉那些痛苦记忆吧！" K 博士伸出慈爱的双手，要拉他起来。那个人被拉了起来，但是他一脸诧异地问道："痛苦？我还有什么痛苦的记忆？我现在就处在最大的痛苦之中。忘掉痛苦，忘掉痛苦的最佳方式就是去经历一场更大的痛苦！"说完，他疯了一般地跑了出去。

两手空空的 K 博士望着自己空荡荡、乱糟糟却一无所获的实验室，冷冷地笑了，然后有两行泪水从他的腮边落下。K 博士再一次陷入了深深的痛苦之中了。不过，K 博士还是镇定自若地在自己的实验系统里准确地输入了资料。然后，他喝了口水，摇摇头，熟练地在系统里启动了"删除记忆"程序。没一会儿，K 博士开心地走出实验室里，旁若无人地放声大笑。

五年后，作为一个无所事事的记者，我有幸能再一次采访到 K 博士，此时，他的工作室经一番装修扩大后继续对外开放着。因为是 K 博士的好朋友，所以我才能得知他这次对外开放的新服务项目——给快乐的人移植痛

非常规的想象
第一辑

苦记忆。几年来，在这个越来越发达，生活水平越来越高的城市里，人们的生活越来越无忧无虑无所事事，这样单调的生活自然不能满足人们的需求，生活应该是丰富多彩五彩缤纷的，于是有许多人纷纷前来"忆苦思甜"，要求移植痛苦记忆。

这个项目对于 K 博士来说，其实并不难。因为他的系统里还保留着大量前几年删除出来而无处存放的痛苦记忆，恰好派上了用场。

购买母亲

"能不能叫你妈搬回老家？"这句话自打母亲去年从乡下搬来时，我已听妻子说无数遍了。父亲去世后，母亲一人住在乡下，我这唯一的儿子怎能不把她老人家接过来照顾！但是，母亲过来后，我们的两室一厅更加拥挤了。女儿不愿与她奶奶睡在一张床上，妻子也总是嫌她碍手碍脚。为这些事我整天静不下心来。

就在这时，当天晨报上的一则广告吸引了我，标题是《富豪欲出十万元购买母亲》。再细看：本市知名企业老总万某，事业有成后，十分思念已故的母亲。为了弥补母亲在世时没有好好孝敬母亲的遗憾，现有意花十万元购买一名母亲，当成自己的亲生母亲服侍。有意者请到广安大厦一楼具体洽谈。我一想，这事儿可行。母亲卖入豪门享福，我也轻松了，再说还有十万元钱呢！这岂不是两全其美嘛！

我急忙请假赶到广安大厦。一进大厦，只见一楼已经挤满了人，看来都是要卖母亲的。

我发现这里也有不少熟人，有在我家楼下补鞋的小李，还有我们单位搞环卫的小王。他们都是下岗工人，想必家里没有条件供养老母，可以理解嘛。可没想到的是，几位领导模样的人也在其中，他们也许和我有一样的困窘吧。

我终于挤到了服务台，一问，才知道要想卖掉母亲必须先带母亲来面试，面试通过以后，再签一份协议。协议规定，从此与母亲断绝关系，并再不准与母亲见面。

晚上回到家，我与妻子商量此事，妻子拍手称快。

第二天一大早，我对母亲说，妈，市里有个老年人活动中心招会员，我想带你去看看。就这样，我带着母亲去了。没想到，报名的人依然火爆，那场面绝对不亚于超级女声的海选。经历了重重选拔，结果出来了，我的母亲以神态慈祥、和蔼可亲的优势胜出了。

签完协议，我得到了十万元，母亲留在富豪家享福了。

从这以后，我的小家庭也轻松了许多。后来，我用这十万元作为启动资金，下海做了服装生意。几年经营下来，竟也赚了不少钱。同时，我也听说那富豪待我母亲挺好的，真的就当成了亲生母亲孝敬。所以我渐渐地有点淡忘了我母亲的存在。

有一天富豪打来电话，他说他非常感谢我，因为有了母亲，使他弥补了心中的遗憾。他还告诉我我的母亲已经去世了。

我突然想起我还有母亲！我的母亲却又丢了，我的内心突然产生了一种失落的感觉。

我决定发布一则广告：本人事业有成后，十分思念已故的母亲。为了弥补母亲在世时没有好好孝敬母亲的遗憾，现有意花十万元购买一名母亲，当成自己的亲生母亲服侍。有意者请到 ×× 大厦一楼具体洽谈。

阳光灿烂的早晨

在一个阳光灿烂的早晨,李小小被一阵清脆的闹铃声给惊醒了。他揉揉眼睛,清楚地看到闹钟上显示的时间——2012年12月7日星期五,终于这一周的工作就快要熬过去了。周末,他要好好地睡一觉,自己已经很长时间没有睡过一个畅快觉了;然后再陪儿子去公园玩一下,许诺儿子好几年了,一直都没有兑现;再就是陪老婆去逛街,要么老婆的口水就快要将他淹死了;还要回一趟老家,他已经好几年没有回去了……好,赶快起床上班,这一周就剩下这一天了。哦,对了,等上班的时候,抓紧时间处理好手头的事情,抽空出去一下,这个月的按揭又要交钱了。

他像往常一样,拎起公文包,在坐上拥挤的公交之前,他要买一份煎饼。可就是在这一刻,他似乎感觉到有什么异常。买了一份煎饼,原来两元的,店主要收他二十,他准备丢掉那份比平日分量还轻了点的煎饼,可他发现,几乎每个挤到摊前的,都迫不及待地掏出二十元,然后自然地包起煎饼,头也不回地走了。车子快来了,肚子咕咕叫,他只好丢下二十元,半信半疑地走了。

上了公交,他费力地摸出藏在裤角的两元硬币,丢进了售票箱。司机瞪着他,那只挂挡位的手停在半空,然后站立起来,叉起腰,怒目相向——李小小正纳闷的时候,后来挤上车的人一个个将五十元大钞毫不犹豫地塞进了售票箱,仿佛就是随手丢掉一枚一角钱的硬币。李小小明白了,从皮夹里掏出一张崭新的五十，塞进去，又准备伸手掏出原本投进去的两枚硬币，但够不着。此时，车子启动了。

　　到了单位，并没有迟到。走进办公室，大伙儿都齐刷刷地看着他。老板也疑惑地走过来，朝他伸过手来，李老，你怎么来了？你的合同已经到期了，从上个星期开始，你不是已经回家休息了吗？李小小恍惚了，怎么自己老了吗？该享享福了，回家清静清静吧！同事们几乎不约而同地说。见李小小仍旧疑惑着，老板从一只破旧的纸盒里翻出了一份文件，打开后，李小小睁大眼睛发现那是一份合同，合同期为 2012 至 2042……李小小思忖了片刻，又看到了单位打卡器上的时间，上面清楚地面显示着：2042 年 12 月 7 日。于是李小小迅速得出一个结论：自己已经穿越时空来到三十年后了。

　　顿时，原本耷拉着脑袋的李小小立马欢呼雀跃——自己终于可以松口气了，终于可以陪陪家人了，可以尽情享受属于自己的时间了。三十年，三十年终于过来了，更重要的是，自己的房款终于付到期，他再也不为每月的按揭费用而发愁了。

　　他觉得自己现在该做的事情就是赶快回家亲吻那套真正属于自己的房子，然后他要好好睡一觉，再陪儿子，陪老婆……过上真正属于自己的生活。

　　他飞快地赶到家，掏出钥匙准备开门时，已经有人将门打开了。一个陌生人从自己的房子里走了出来，那人先是一惊，然后诧异地望着李小小，老李，你怎么来了？我回自己的家啊！李小小焦急地说。你家？老李你怎么这么糊涂啊，你的房子十年前不就卖给我了吗？那时，你下岗了，老婆又跟你离了婚。后来，你父母又去世了。就在你儿子要结婚那年，你等着钱为儿子买房子结婚，所以你把房子卖给了我啦！

　　听他这么一说，李小小霎时间如坠落深渊。万般无奈之后，只得攥着那把钥匙转身离开。

　　离开自家的房子后，他赶紧上了公交车。上班应该不会迟到吧，今天等公交车花的时间太长了。他看了看手机——2012 年 12 月 7 日星期五，早晨六时三十二分。现在出发，再转地铁，八点之前应该能赶到。他找了个位子坐下。将那串 2042 年才会真正属于自己的房子的钥匙庄重地塞进了包里，然后小憩一会儿。车子晃晃悠悠地在城市的街道里穿梭……

露脸

城市各家的报纸头版都登出一则新闻——近日，本市繁华场所，活跃着一位年轻男子，他大胆地露出自己的脸部，高调参加各种活动，引起了众多市民的关注。

露脸，在公共场合大胆地张扬自己的容颜着实是一件前所未有的事情，这在城市的历史上还是第一次。这个城市很繁华，但多少年来，人们从来不敢在公共场所露脸。因为在这个城市，露脸是一件很危险的事情。大概大家都知道"喜形于色"这个成语吧，人的各种表情都反映了人的内心，而自己的内心若是被别人洞察了，那可能是攸关生命危险的事情啊。比如说，你今天做生意赚了一笔钱，你肯定高兴是不？当你边走边乐呵呵的时候，你的身后已经尾随了两名小偷。即使你是个身无分文的傻子，当你咧着大嘴走在街上的时候，不知有多少持刀的歹徒对你产生了多少丰富离奇的幻想，他们随时准备袭击你。这个城市充满了猜疑，充满了恐惧。为了做到最起码地保护自己，不知道从什么时候起，这个城市的居民们出门都戴上了口罩，有的甚至套上了头套。人们互相看不到对方的脸，互相也不说话。就这样，他们才能心安理得，一直相安无事地生活着。俨然，这是一个无脸的时代，人们几乎忘了脸部的存在。

这位敢于在公共场所露脸的年轻人，年纪不大，但感觉他对于露脸这件事情一点都不害怕，反而无比开心。他时而坦然一笑，时而愁眉苦脸，时而凝眸深思，时而神情爽朗……

那张本来就英俊的脸，加上了各种丰富的表情，吸引了无数人的关注。他所到之处，拥堵着大量的记者，摄影师们你推我搡，争夺最佳的拍脸位置。

很快，这名男子成了城市里护肤、美容产品的代言人，他甚至被邀请拍摄电影、电视剧，当然他也是这个城市敢于在银幕上露脸的第一人，众多没能在现场亲自看到他容颜的人，可以在电视上一睹他的风采了。多少年了，人们没有欣赏过如此美丽的脸部了，而且这张美丽的脸部还时时绽放着喜怒哀乐等各种表情，这一切对于无脸时代的市民来说，简直是太新鲜了。露脸一度成为这个城市的第一热门话题，人们纷纷举行各种游行、抗议活动，所有的人都倡议要撕掉面罩，大胆露脸。许多大胆前卫的年轻人，开始尝试在家中露脸，在伸手不见五指的黑夜，他们开始撕掉面罩，裸脸行走了。

说归说，但目前为止，这个城市还没有第二个敢于在公共场合露脸的人出现。同时，也据说这个敢于露脸的年轻人已经成为一些恐怖分子重点攻击的对象了，因为随着他成为名人，他的财富也与日俱增了。此外，也听说，一些生产口罩和头套的公司已经放言要捉拿这个露脸的人了。他们担心总有一天，人们会扔掉脸上的口罩和头套，而进入裸脸时代，假如真的那样，还会有几个人买口罩、头套之类的东西呢？

就在人们对大胆露脸津津乐道时，这个城市的警察开始关注起了这位露脸第一人。因为他的露脸，让这些警察们感到恐慌。公安局长说，他从这个男子裸露的脸部读出了邪恶，这个男子必将给这个城市带来麻烦，当然就目前看来，他所造成的交通拥堵和社会不安定，已经让这些警察们够麻烦的了。于是，终于有一天，在接到市长的命令——我再也不想看到这张脸，我从这张脸上读出了……这个年轻人被抓了起来。

据警察公布，该男子被抓以后，交代了自己的情况。其实"他"是一名

女性,在一次交通事故中,"他"毁了容,而在"他"的脸上的,只不过是一张制作高级而精美的面罩而已。

颈疾

妻子又一次提到了王富,还说王富给他老婆买了一条又大又重的项链,简直能砸死人。说这话时,她又习惯性地将碗一推,筷子一摔,然后高高地仰起头,噘着嘴。听惯了这样唠叨的我也没有在意,继续扒我的饭。但当我吃完以后,却发现妻子还是那样高高地仰着头,并且怎么也低不下来了,就那样不能动弹了。我慌了,连忙带她去了医院。

一位挂着听筒的颈椎科医生接待了我们。他首先问我这种情况是什么时候开始发作的。我想了想说,我们结婚很长时间了,但一直都没有过这种情况,可自从王富的老婆进了他们单位……当我说起王富的时候,我发现那个挂着听筒的医生,头也抬了抬,但由于戴着那个似乎很重的听筒,他的头没有抬得很高,可他却打断了我的话问道,你说的那个王富是不是本市最有钱的市长? 我说是的。他又抬了抬头,还是没有抬高。我接着说道,自从这以后,她几乎每天晚上回家就向我唠叨,什么王富的老婆是如何如何漂亮,她会戴多么漂亮名贵的项链、耳环。每每说起这话的时候,她就会高高地仰起头,满心羡慕,闭上眼睛展开无穷的遐想。另一方面,也是提醒我,怎么会给她买那么便宜的项链、耳环……那个医生又一次打断了我的话说,你不用讲了，我知道了，这种病我见得多了。她的脖子由于长时间地仰望别人而患上了"过度仰望症"。她现在已经不能动弹了，说明程度已经很深了。但也不是无药可救，我有一种物理治疗的方法。说完他就向我招招手，示意我过去。然后凑到我的耳边说，其实我自已也有这种病，你知道我为什么戴着这个特制的听筒吗？我会意地笑了笑。他接着说，对，你就要弄个东西让她的脖子下垂，不就行了吗？我高兴地点头，带着妻子离开了。

第二天，我花了几十元买了一条和市长老婆几乎一模一样的项链，只不过是仿钻石的。妻子戴上后高兴得手舞足蹈，而她的脖子也奇迹般地恢复了正常。我在一旁暗自高兴。这以后的好长一段时间，妻子竟没有再犯过这种病。

但我高兴得太早了，毕竟纸是包不住火的。一个月后的一天，妻子下班后，一下子将那假项链扔在了桌子上，然后就高高地仰起头，几乎是望着天花板。我知道她的病又犯了。

当我带着妻子再一次来到医院时，原来的那个挂着听筒的医生已不在那儿了。换了一个青年人，但脖子上还是挂着那个特制的听筒。我问他原来的医生哪儿去了？他有气无力地说，你说他啊，时来运转了，当上主任了。我"哦"了一声。那个青年人又补充了一句，就他竟当上了主任。说完他也试图抬了抬头，但由于挂着那个听筒，头抬得不是很高，然后转了转脖子，示意我去那边的主任室。

我赶忙过去，他果然在里面。他没有再挂着那个听筒，而是高高地仰着头，朝对面看，我一看，原来坐在对面的是院长。见我急吼吼地来了，主任收回头，微笑着说，我知道你会回来的，物理治疗是不能根治的。那怎么办呢？我急忙问道。他依然微笑着说，如果你的妻子能像我一样换个位置，或许可以好多了，但她现在这种状况，我确实有点束手无策啊。

突然，他一拍脑袋，有了。只见他递给我一张报纸，上面写着一则消息——本市市长王富因贪污受贿被抓获，现已没收全部家产。妻子吃了一惊，说，怪不得他老婆这几天没来上班。我回头一看，妻子的脖子又恢复了正常。

卖脸人

    大街上熙来攘往,人头攒动,出卖各种商品的商人们无聊而机械地吆喝着。卖脸人随意地占领了一家店铺前的摊位,仰着脸,似闭目养神状。那张脸皮红润有光泽,浅浅的汗毛铺成了一层鸡蛋白。那人正前方的地面上铺放着一张大纸,纸上写着:卖脸。

    有看热闹的围了上来说:喂!你干吗要卖脸,难道你连自己的脸都不要了吗?卖脸人倒是来劲了,谁不要脸了,你才不要脸了呢!那人不悦,反问道:你这不是写着卖脸吗?既然都说要卖给别人了,你自己还要什么?卖脸人愤愤然道:你懂什么?脸长在我的身上,谁能拿走呢?我卖的是我这张脸的使用权。脸是我的,但你若买去了,就归你用了。切!那人又不屑了,你这张脸倒是蛮好看,可是对我有什么用途呢?卖脸人继续解释道:你别小看我这张脸,自有需要的人。我这脸若是卖给大老板,可以帮他们做广告。我这脸,皮厚实着呢!在上面能写能画,能粘能贴,这可是最好的流动广告牌呢!而且,由于我经过特殊的培训,我这张脸能哭能笑,能发怒,能温顺……样样表情我都能迅速而准确地表达出来。可以满足不同场合的需要。你若是不高兴了,我能给你赔几张笑脸,你家若是死了人,我还能给你哭丧……你家才死了人呢!有人就骂道。不过听卖脸人这么一说,大家还都点了点头,还别说,有的时候,我们真的需要买一张脸来。

等了一个上午,卖脸人的第一笔生意做成了。

卖脸人的脸被一家商店的老板请去了,那家商店的老板娘天生一副凶恶的脸孔,从不跟人开笑颜,这显然影响了她家的生意。卖脸人被"买"去后,负责站在门口迎客,果然,他的笑脸大大提高了商店的人气,卖脸人在这待了一个多月,觉得工资低了,便辞职离开了。

第二次,卖脸人被一个刚刚步入领导岗位的人"买"去。那人刚刚通过不正当的手段爬了上来,心里多少有些发虚。一下子当了领导,竟然还是摆脱不了像哈巴狗一样的乞讨角色,不敢在公众场合讲话,更别说跟下属们发发火了。卖脸人被"买"去后,瞬间改变了脸色,只见他一脸严肃,不怒自威。他将领导分配的秘书工作干得有声有色,仿佛自己就是领导了。此后,下属们自己对他敬而远之,领导则不费什么工夫,也产生了威严。这次的工作,卖脸人做了一年多,他压根就不想离开的,可时间长了,人家领导也学会了如何使脸色了,用不着他了。他自然被辞掉了。

这以后,卖脸人陆续接了不少活计。胆小的小职员不敢给领导送礼了,他厚着脸皮去了。着急要账的老板拉不下面子讨债了,他去,两面三刀,一下子就解决了。医院重症医疗室需要一个说笑的,他去。火葬场需要一个哭丧的,他去……他的身影遍布在城市的任何角落。可惜的是,他每次的工作总是做不长,毕竟这个城市需要脸去做的事情还是比较少的,许多人更多的是想用心去做事情。他一次次地找工作,又一次次地失业。不过,最近有人好像又看见了他。

在一条熙熙攘攘的街道上,有人又看见一个光着屁股朝天的人。那屁股硕大滚圆,屁股的下面摆着一张大纸。纸上写着两个大字:卖腚。

缺氧时代

阳光明媚，空气清新，我躺在一片绿色大森林里的草地上。我什么事情也不做，只是张大嘴巴，呼吸新鲜空气。这种感觉真是享受啊！我惬意地闭上了眼睛。

突然，耳边传来强烈的呼呼的声音，我被惊醒了。只见一阵狂风袭来，顿时森林被一团黑雾给笼罩了，只感到眼前一片漆黑，呼吸困难。氧气——氧气呢？我狂叫着……

我像弹簧样被弹了起来了，立坐在床上。我知道，我的房间内的供氧系统肯定被破坏了，我被自动感应床给弹了起来。我想，准是那扇未来得及修的破窗子出了问题。果然，那扇破窗子被大风给刮开了。屋外的空气迅速地钻了进来，弥漫了整个房子。这样，我室内的有氧环境就被破坏了。氧气早被已经不含一点氧气的污气给挤飞了。

我捂住嘴巴，摸到了厨房里备好的氧气瓶，迅速地灌了几口，随即去关了窗子。看了闹钟，距离上班时间还有几个小时，我加大了的供氧量，又睡觉去了。

一大早，我就去上班了。没办法，不好好工作，哪有钱供房子，还有吃喝穿哪一样不都得花钱，更要命的是，现在氧气的价格又要涨了。谁敢说自己不买氧气，那就等于跟自己的生命在作对啊。

背上氧气瓶,戴上氧气罩,我推开门,钻出去了。公交车异常拥挤,如果运气好的话,可以拦到一辆有氧车,虽然价格贵点,但起码里面有充沛的氧气供应,可以暂时把勒得难受的氧气瓶给放下一会儿。

今天很不幸,先来的是一辆无氧车。那家伙屁股后头冒着黑烟,缓缓而来。没办法,将就吧。一伙人往里钻,不一会儿车上就站满了人。车上没有一个人说话,就是为了节约点氧气。马路两旁随处可见到这样的标语——节约氧气,珍爱生命。

车子开着开着,只见有两个人倒在了地上。一定是他的氧气瓶空了。没办法,司机报了警。还好,几个救助人员开着车子接应过来了。他们被救助走了。

幸好我早晨带的氧气瓶分量够,勉强维持到了单位。否则,我也许会和路上的几个人一样,被抬着走了。进了单位,我就可以放下氧气瓶了,我们公司办公室里有供氧系统。没办法,老板想让我们好好工作,不提供氧气,我们怎么舒展开身子卖力工作呢?

不过,咱们老板算是个爱省油的灯。从上个月开始,由于氧气价格上涨,他就宣布减少每日供氧量和压缩供氧时间了。老板说,要想适应社会发展的需求,就要锻炼自己无氧工作的时间,逐步把自己培养成为脱氧工作人员。那可就不得了了。据统计,目前,整个城市可以脱氧工作一小时以上的人还不超过十人。

一大早,老板就抱着个氧气罐来给我们训话了:今天的供氧量会进一步减少,目的就是要降低产品成本,这样你们以后的福利就会更高嘛,大家少说话,多干事吧。老板说完后,我们齐刷刷地点了点头。被训话的时候,我们看到,老板在他的氧气罐里猛吸了三口纯氧,我们看了直流口水。

要命的是,正当我们埋头干活的时候,突然停电了。供氧系统立即就停止工作了。像往常一样,有人去仓库里拿氧气罐。几个人去了,又冲了出来,公司的几个罐子都是空的,真是吝啬的老板。我们去找老板,老板的办公室锁得铁紧。

我们急得往外跑,路上已经涌满了人,原来整条街都停电了。有的人着急去商店买氧气瓶了;有的人干脆钻进有氧车回家了,我和几个人什么也没捞着,急得跟无头苍蝇似的乱窜。

不远处,有几个人跳进了护城河里了。他们在水中高呼着,快来啊! 水中有氧气呢! 有氧气呢! 我们将信将疑,这时,有更多的人陆续跳入了水中,有氧气呢! 有氧气呢! 他们也喊道。我们便不再犹豫,纷纷跳入漆黑的水中。

笑声银行

X 市 Y 大街尽头一个偏僻的店铺竟然装潢一新,成了 X 市第一家"笑声银行"。

这个说来真是好笑, X 市的银行多如牛毛,关于食物的银行有一千四百多家,关于汽车和房子的银行有上万家,更别说什么香烟银行、书本银行、卫生纸银行……反正城市里人们想要的一切都可以从这些数不胜数的银行里面贷到。可是关于"笑声"这个东西,谁也没有多余的去存啊? 就算这里有再多的笑声,但能够贷出去的吗?

倒霉的孟飞扬倒是很幸运,他成了"笑声银行"的第一个顾客。因为他刚刚被"说大话"银行的老板给开除了,因为他贷出去的好多"大话"一个也没有收回来。失去了工作的孟飞扬垂头搭脑地走进了笑声银行。刚踏上银行门口的第一个台阶,就有两条水柱向他射了过来。原来台阶两边各有一个雕塑,两个裸体的男孩雕像正在朝他"撒尿"。孟飞扬打了打身上的水,"扑哧"一声笑了。他心里也暗自好奇:这个笑声银行真有意思。

带着这样的好心情,孟飞扬踏进银行里面。一个早已恭候的面带微笑的工作人员就开始接待他了。那个人首先引导着孟飞扬进行了一次"心情温度"测试。这个仪器果然厉害,孟飞扬虽然面带微笑,但是此刻他心情温度已经跌到负三度,显然孟飞扬很需要提升一下自己的心情温度,好让自己真的从内心里快乐起来。

根据这个测试,孟飞扬从笑声银行贷走了三支笑声注射液。孟飞扬开开心心地带着三支注射液一蹦一跳地离开了笑声银行。临走的时候,一只在大厅里欢蹦乱跳的猴子突然窜了出来,他迅速地追上孟飞扬,在他的屁股后头挠了一把。乐得孟飞扬跟猴子似的屁颠屁颠地跑了。

第二天一早,孟飞扬就迫不及待地给自己注射了一剂笑声注射液。妈呀! 一针下去后,孟飞扬突然伤心地大哭起来,他一边哭着,一边想起了自己的伤心经历,自从大学毕业以后,孟飞扬可没少换工作。可是他一次又一次地被解雇,一次又一次地又投入到新的工作。一阵痛哭流涕之后,孟飞扬咬咬牙,大声地对自己说:我一定会重新振作起来,我一定能找到新的工作。

第三天,孟飞扬也没忘记给自己打针。这一针,效果也很明显。孟飞扬再一次陷入深深的痛苦之中。孟飞扬忽然想起这么多年来自己曾经犯下的错误。有一次,他偷偷挪用"假钞银行"的一点真钱,幸好老板没发现。还有一次,他当着"诚实银行"老板的面对自己经常迟到的理由进行了撒谎,那一次他一点都不觉得脸红……想着想着,孟飞扬开始自责起来,有好几大滴汗重重地砸在地板上。

第四天,孟飞扬还是鼓起勇气给自己打了一针。这一次他没有哭,他兴致勃勃地走到楼下。此时房东刘老太正在花园里除草。孟飞扬走到跟前给她帮忙,此外他还帮助年老的房东打了水,浇了整个花园的花草。中午,他甚至帮助房东老太做好了午餐……这真的让刘老太出乎意料,以前的那个懒惰而自私的家伙不知道去哪儿了,刘老太喃喃自语。为此,她邀请孟飞扬

吃了一顿丰盛的晚餐,而且还帮助孟飞扬找到了一份新的工作。

第五天的早晨,阳光灿烂,在睡梦中醒来的孟飞扬开心地朝镜子中的自己傻傻地笑了一次。然后他面带笑容,朝屋外的阳光,朝周围的所有人送去了自己美丽的微笑。

该是孟飞扬去笑声银行还账的时候了,孟飞扬带着自己的快乐心情再次来到笑声银行。同样的一次"心情温度"测试,这次测试的结果是四度。这时,那个面带微笑的女服务员又过来了。他微笑着对孟飞扬说,尊敬的孟飞扬先生,你的心情温度过高,根据规定,我建议您还是存下一度微笑放在我们的银行了。没问题,孟飞扬满口答应。

那我该怎么存呢?

你可以骂一次人,也可以打一场架,偷一回东西,要不然就……只要不要太过分就可以了。否则,到时您还是要来我们这贷"微笑"的。

娘的!什么破银行!孟飞扬转身离开。

绑在柱子上跳舞

每周,我们都会从钢筋水泥的房子里爬出来一次。干什么?其实也不知道自己要干什么,反正在那里头待时间长了,我们就想出来透透气,美其名曰:看看热闹。

这不,我们唱着歌儿走到大街上,热闹的事情就来了。远远地我们就看到了,广场最高台阶的一根柱子上,有一个男人被绑在那儿了。四周围着不少看热闹的。我们也欣然地拥到跟前。那是一个身材高大、体形健壮的男人。他双手反剪着被缚在那根水泥柱子上,纵使他有多大能耐,也无法脱开身,似乎那根柱子就是为了固定住他而专门设计的。

可是我们都想错了,从那个男人欢快的表情上,我们根本想象不出他是一个被绑在那根柱子上面的,一个被限制了人身自由的人。相反,他是那么快乐,那么自在,仿佛自己正在与自己的舞伴合作一曲柔美的交谊舞。

有人就奇怪了,问道,喂! 你怎么被绑在这儿了,多不自在啊! 你看我们,想怎么动就怎么动,想去哪就去哪! 那人轻轻一提腿,像个舞者似的绕着柱子旋转了一周,说道,切! 绑? 谁说我被绑在这儿了,我是请人送我来这儿的。难道我不自在吗? 就允许你们逛街,难道不允许我来耍柱子吗?瞧! 伴着这根漂亮的柱子,我有多快活,我可以亲她,吻她,和她一起翩翩起舞。我之所以请人将我送来,那是为了将我和她紧紧地连在一起,我绝不离开她。一说完,他又一蹬腿,绕着柱子跳起舞来。

他跳得越来越欢快,始终跳着跳着,人不离柱,柱不离人,似乎自己就与柱子合二为一了。旁观的人都被看呆了,不知不觉也学着他绕着柱子跳起舞了。

这个时候,有人建议说,既然和柱子玩这么有意思,那我们也玩一玩吧。对,说得对,反正咱也没有什么事情可做,难得出来玩玩,为什么不像他一样,玩些没玩过的玩意儿呢?

于是有人就央求别人用绳子把自己也拴在柱子上,然后绕着柱子开始跳舞。一个、二个、三个……越来越多的人将自己拴在了广场的柱子上。有些没有找到柱子的人,干脆自己回家弄了个竿子,然后插进泥土里,做一个临时固定的柱子。广场上一时间热闹极了。

好景不长,没等我们玩尽兴的时候,有个戴着大帽子,夹着大皮包的人朝我们吼道:都给我下来,听到没有? 那声音简直如同在赶一条狗。我们都很愤怒,谁也不理他,谁也没有要从柱子上下来的意思。我们异口同声地说,

这地方又不是你家的,我们玩柱子,关你屁事?那个家伙更不高兴了,发了疯似的说,都给我下来,再不下来,我就要动手了。他一边说,一边炫耀自己手里的土地证。很显然,对于拥有土地证的人来说,他就是这块土地的所有者,当然只有他自己能够在自己的土地上建筑,那么也就是说,这个广场所有的柱子都是他的了。

这个时候,有些玩柱子的人态度就有所改变了,因为他们还是比较喜欢玩这个柱子的。有人就提议说,咱给你钱行不?让咱们痛快地玩一会儿吧,玩够了我们就给你钱。收了钱后,那个可恶的男人态度就改变了,什么也不说了,安静地在一旁看着我们玩。

为了满足广大人民群众的强烈需要,这块广场干脆就改成了耍柱子游乐场。老板自然是那个持土地证的人,可后来,人们竟然再没有发现那个第一个玩柱子的人,大概人们都顾着玩了,哪还能记得那个人呢?其实他每天都在游乐场门口,干吗?卖票。

帽子

我发现主任喜欢戴帽子。

先前,我并没在意主任戴的那顶帽子。因为像他这样一位老人偶尔给自己戴一顶帽子,会让自己与其他温顺、和善的老人有所不同。看起来挺有绅士风度,还有点酷,甚至有点可爱。

可是有一次，我去主任办公室申请调动工作时，却发现主任的帽子挺特别。主任管着全镇所有教师，只要他的大笔一挥，我就可以调到离村子比较近的学校去教书了。我恭敬地将申请书递到主任跟前，我想这样一位可敬的老人一定会考虑我的难处，毫不犹豫地批准、签字。可就在那一刻，我发现主任的帽子特别大，以至遮住了眼睛。他似乎没用眼睛看我，只是冷冷地丢了一句，这事得研究研究。

我这才想起主任平时都喜欢戴帽子。每回去我们学校检查，总是戴着那顶又高又大的帽子，这样就显得自己高高在上了。难怪他平日连走路都抬着头，生怕别人看不见他的脸。我恍然大悟，为什么我刚上班的第一次的全镇教师大会上，我一眼就认出了主任，因为他戴着一顶与众不同的帽子。

我纳闷，为什么主任这么喜欢戴帽子呢？于是多方打听。后来，一位年长的老者悄悄告诉我，主任患有一种病，这种病一旦发作，就会使人头脑胀大，因此，需要这种帽子作掩饰。末了，他建议我去看望看望主任。

于是那天晚上，我拎着大包、小包的东西去看望主任。没想到主任会热情地招呼我喝茶。更奇怪的是，主任那晚竟没有戴帽子，他的头也没有想象的那么大，我也看到了主任热情、和蔼的目光。

后来，我的申请批准了。

原来主任的帽子也不是每时每刻都戴的，主要还是由于那病。

掌握了主任的这种病情后，我便经常去看望主任。过年、过节时去，有时甚至每周去一次。每次去时或多或少地带点东西。我盼望主任的病情快点好起来，但每次在人多的时候，他总是离不开那帽子，并且那顶帽子也越来越高，越来越大。没想到我的口袋也越来越空了。

当我意识到我的口袋瘪了的时候，我也成了学校的主任了。

一次，主任带我出去检查，这是我的第一次检查。我有点紧张，但有主任在前面，我便压住快速的心跳，故作镇定。可是我的眼睛却不敢看人，实在不行时，我就抬头望天。就这样，一路检查过来，吃吃喝喝，等我回家时，我的腰包竟也鼓起来了。

非常规的想象
第二辑

可从那晚起,我也就病了。

后来,我也戴上了帽子。

地球上最后的两个人

寂静的森林里忽然传来了一声捷报。随后,兽类奔走相告:地球上最后仅存的两个人被捕获了。霎时间,整个森林沸腾了。

第二天,兽类们排着长长的队前来购票,准备观赏地球上最后的两个人。前来购票的兽类摩肩接踵、数不胜数,公园里简直成了兽的海洋。早已经把赏人、玩人、吃人当作了家常便饭的兽类,为什么会突然又对他们早已司空见惯的人类产生了如此浓厚的兴趣呢? 这还得从三年以前说起。

早在三年以前,地球上所有的人,大概不是被兽类给吃掉了,就是被兽类给玩弄死了。在兽类看来,人类天生就是他们的食物和玩偶,兽类天生的锋利的牙齿专门就是用来嚼人的骨头的。随着地球上兽类数量的日益增加,它们把人吃的吃,玩的玩,致使人类几乎濒临灭绝了。兽类已经有好多年没有人可吃,也没有人可玩了。

所幸的是,有一群兽类在寻找新的食物时,无意中在一片森林里发现了两个类似于人类的动物。或许是由于适应了长期被兽类捕食而逃跑,这两个人非常谨慎,动作也极其敏捷。虽然一群兽类发现了他们,并很快采取了行动,但是很快,这两个人就消失得无影无踪了。直到后来,兽类采用了先进的工具,动用了大量的兽力,才侥幸捕捉到了这两个人。

这件事情很快在兽类之中产生了轰动。对于早已经没有人类可吃的兽类来说,现在要是弄两个人来尝尝,那将是何等的享受啊。即使吃不着,弄两个人来看看玩玩,那也是一种很不错的回味啊。所以这次"人展"几乎吸引了整个兽类家族前来观看。而且,据捕获到这两个人的"捕人突击队"说,他们捉到的这两个人几乎完全变了人的模样,如果不仔细辨认根本是无法认出来的。这两个人或许是由于长期的逃亡,已经出现了严重的营养不良:体型瘦小,皮肤黝黑,长发缭乱。看他们的样子倒像是两只黑猩猩。但这两个人保留着兽类所喜爱的某些特点,比如能唱歌跳舞,给兽类们带来欢乐。因此,稀奇古怪,空前绝后,成了这次"人展"的最大卖点,此刻的公园里是兽满为患。

最终,通过一次大规模的巡展,大多数的兽类终于饱了眼福,一睹了地球最后两个人的人样。通过这次巡展,几乎所有的兽类们都发自内心地感慨道:他们不能把这最后两个人给吃了,否则他们将永远见不到真正的人这种物种了。有些"人类保护组织"更是组织游行示威,抗议兽类从此不准吃人、玩人,还要求制定有关制度给偷吃人类的兽类们以惩罚。还有一些人类研究专家提议要培育新人种,以充分满足兽类自身需求。

尽管兽类们做出了巨大的努力,创造了最好的条件,以期望这两个人能够繁衍,但是这最后的两个人还是由于担惊受怕,一起病死在关押他们的大笼子了,他们死的时候,旁边还留着给他们准备的丰富的食物、衣服等。他们就这样死了,或许在人类看来,他们是无法生活在笼子里的,他们应该有自己舒适、自由的家。

这两个人死后,兽类们感到很可惜,他们特别把那两个人制成了标本,依然放在公园里供兽类们观赏,一些研究人类的纪念书籍也相继出版,一些先前保护人的组织依然相信在地球上的某个地方肯定还有人类的生存,因此他们经常组织一些探险小组前去一些地域特殊的地方,希望能发现人类的痕迹;更有一些专门研究人类的科学家们,他们正研究克隆技术,希望早

日研究出克隆人。

经过兽类的努力,地球上还真的产生了许多复制人、仿造人……这大大满足了兽类的需求。但最近的一则消息却有点让兽类感觉到有点后怕。因为有一位兽类考古工作者,在一些人类的遗体中发现了一封遗书,遗书写道:先前我们人类兴盛的时代,你们兽类是我们的食物,是我们的玩偶,但随着环境的变化,你们兽类竟然兴盛起来了,反过来,我们人类成了你们的食物和玩偶。人类竟然落得如此田地。但我们人类相信有一天——人类会再一次兴盛起来的,你们等着,会有那一天的。这封遗言一下子真让兽类们感到十分恐惧,但强烈的兽性依然驱使着他们我行我素。

丑人的出行

有一个人,确切地说是个长得非常丑的人。限于我的表达能力,我只能按照他们国家里所有的人对他的称呼来形容他:奇丑无比。

这个人自打生下来后,就生活在由各种形容丑陋的词汇的海洋里。因此,这个人自小就有一个愿望,他长大了以后一定要离开自己的国家。寻找一个他想象中的“丑人国”,在那里过上不受任何人歧视的生活。在他十八岁的时候,他终于背上行囊,踏上漫漫的寻找的征程。

然后他所到之处的人们,无不为他的到来而感到惊骇。真没有见过这么丑的人! 这么丑的人是怎么长的? 这是所有见过的他的人都这么说的。

就连那些实在没有人样的毁容者，见了他都说，像你这样子，还不如毁容算了。

漫漫的出行路，并没有给这个人带来多少快乐。相反，他的脚步越来越沉重，他对自己的未来越来越迷茫。由于没有任何人和他亲近，没有任何人向他这个丑陋的人伸出援手。好几次，他累得昏倒在路上。有一次，炎炎的烈日竟把他给烤晕了。那一次，他晕了很长的时间。

等他醒来的时候，他惊奇地发现自己躺在一张舒适的床上，周围挤满了大大睁着的眼睛。这个人惊得一跳而起，因为在他看来，所有投向他的目光都好比是一把剑，一把由他的脸射入他的心的剑，越插越深，直到他奄奄一息。可此时，他发现这些围绕他的目光是那么和善，那么友好，只是略带点好奇而已。他揉揉眼睛，这才发现屋里只有一个人在看着他，再揉揉眼睛，是许多人，又是一个，又是许多……他再次睁大眼睛，这才发现，满屋子都是人，满屋子都是一种模样的人……

其中有一个人，非常友好地拉着他的手说，不要怕，是我们救了你，欢迎你来到我们的国家。这个人还没说完，屋里所有的人都用同一种语调对他说着话，欢迎你来到我们的国家！

这个人后来明白，他到的这个国家叫作"一丘国"，这个国家里的所有长得都是一个样，甚至连他们穿着、说话的语气等等都是一个样。这是因为一丘国的奇特血统，他们有着这种奇特血统的祖先养育了祖祖辈辈的一丘人。在一丘国，所有的人都只有一种，没有第二种。因此，在一丘国的字典也不存在什么美和丑的分别。

这个人的到来，着实让一丘国热闹了一番。他们没有想到这个世界上还有第二种人。而且这个人的装束和打扮更让一丘人感到好奇，原来人还有另外一种特殊的打扮。原来人的生存方式还有另外一种。

渐渐地，这个来到一丘国的人，渐渐地忘掉了原来扣在他头上二十年的"丑"帽子。所有的人都称他为奇人，渐渐地人们开始模仿奇人的种种动作、表情、装扮，甚至是奇人说话的语气。很快，一丘国的人就被自然地分成了两半，一半是传统的一丘人，另一半就是模仿奇人的"奇人"。

不到一年，那些奇人们的后代出生了。再以后，一丘国的人变成了四类。随后是八类、六十四类……

三年以后，一丘国的人便分成无数种。有白人，有黑人；有高人，有矮人；有胖子，有瘦子……当然也有美人和丑人。

每年年末，一丘国都会举办一个选秀比赛，寻找各类人种中的优秀者。后来这个第一个闯进一丘国的外地人在第一届选美比赛中，被选为第一美男子。

第三辑

有点灰暗的城市

女儿努着嘴,将书放到一边。爸爸接过妈妈端来的茶水,咕咚咕咚地喝了几大口,然后叹着气说,什么一个苹果,哪有这些故事?听爸爸给你讲个故事。

热闹

"哎,你快看,那么多人围在那儿干什么呢?"

"我哪知道,你自己看去!"

"那我们快去看啊!"

"有什么好看的? 无聊死了!"

"那么多人围在那儿,肯定发生了什么事情了。"

"你就是爱看热闹!"

"爱看热闹怎么了? 不看热闹,干吗要来逛街! 快快快! "妻子使劲地拉着我的手。

等我们走到跟前的时候,人聚得更多了。妻子踮起脚尖,可是什么也看不到,她急得又是蹦又是跳,恨不得踩我的肩膀上。

我想找个人问问,到底大家都在看什么,可是旁边没有一个人理我,大家都在拼命地头探脑地往里挤。我拽了拽妻子说:"没有什么好看的,走吧!"

"你没看到大家都这么急着往里挤吗? 肯定有什么事情! "妻子肯定地这么说,说完还将手里的几个大包塞进了我的手里。

我说:"今天陪你逛街我已经够累的了,咱们还是快点回去吧!"

"你不记得了吗? 上一次咱们也是这么挤的,最后不是抢夺了一件削价的好衣服吗? "妻子以教育我的口气对我说。

我也反唇相讥："那一次你怎么不记得了呢？你也是这么挤呀挤啊，最后身后突然冒出一个要收费的耍猴人，人家在耍猴呢，谁围在那就要收钱，咱不是白白给了人家十块钱，可咱连那猴屁股也没看到啊！"

"今天可不同了，你没看到有这么多人吗？"

"可是我们什么也没有看到啊！"

"挤啊挤啊！"妻子一边说一边使劲往里挤。

"要看你看，我不看，我要走了。"说完我就要转身离开，可是我这才发现，我已经被拥挤上来的人群给包围了。人们拼命地往里挤，有人按住我的肩膀；有人拿胳膊肘子抵着我；还有人暗地里使劲地踩我的脚……我大声地朝妻子喊道："看热闹，看你看的好热闹……看得我们都出不去了！"妻子没有理我，还是一个劲儿地往里爬。我发火了，快点走！再不走，我快撑不住了，我要被挤成肉饼了。妻子依旧没有理我。可是两边的人挤得越来越紧了，我受到的"攻击"越来越痛苦了。

终于，我忍无可忍。我干脆放下手中的东西，我要命令她立刻离开这个地方。我拽着妻子的衣服往外拖，还好妻子被我拉过身来。她恶狠狠地盯着我说："干什么，我都快看到了。"

"快走，不然我被挤死了。"

"要走你走！"妻子并没有被我的怒气所吓倒。她向来如此。

一想起平常什么事情都要听她的指挥，我就气不打一处来！

"走不走？"我大声地吼道。

"吵什么吵？再吵我跟你翻脸。"真的没有想到，她倒来个恶人先告状。

我一把拽过妻子，"你越来越不像话了！你简直把我……要不是你，我……"我还没有说完，我就发现妻子已经被我推倒在地上。

她艰难地从地上爬起来，我发现她的眼睛红了，就跟发了疯的斗牛一样。然后，她使劲地拽着我的衣服，跟我厮打起来。我也不示弱，使劲地抓住她的两只手，尽量不让她攻击我。这一招很管用，她无法朝我进攻。

可我太小看她了，她提起腿就踢向我……

周围的人被我和妻子的阵势给吓到了，纷纷往后退。我意识到这真的太坏相了，怎么可以在公共场合和妻子打架？我松了手，可妻子一点也没有停的意思。我想我得离开这儿，可是周围却已经里三层外三层地将我们包围了，就像看热闹似的。

最后，妻子也停了下来。直到我们完全安静了下来，人们这才渐渐地散去。

他们一边走一边说，哎，挤了老半天，有什么好看的，不就是小夫妻俩吵架吗？无聊死了。

还钱

我一直都想打电话给秦五。理由很简单，因为他欠我两百元钱。两百元钱并不多，但对我来说却有不少用处——比如我的皮鞋破了，一直想买双新的；外套旧了，想换件漂亮点儿的；再比如，两百元钱足够让我请办公室的几个家伙下馆子狠狠地喝上一顿……我可以肯定地说，就是因为这两百元钱迟迟没有到位，我的这些愿望一个都不能实现。

我已经记不清秦五是怎么借我两百元钱的，但我清楚地记得他的确是欠了我钱，而且绝不是一百或三百。其实我用不着打电话给秦五，每天上班的路上，我都会看到秦五骑着自行车去上班。当然他也会看到我，每当看到我的时候他总是朝我点头，咧着嘴对着我笑。而我则眼巴巴地望着他，恨不得从眼睛里挤出那几个字——你欠我两百元怎么还不还？但每次我都没有说，我相信秦五也是知道这件事的，我也相信如果秦五有钱一定会还我。就是这样，我一次又一次地目送秦五从我身边经过，那句话却一直没有说出口。

直到有一天，我的皮鞋终于"张口"了，我决定，我也要向秦五张口了。

那天早晨，我远远地望见秦五朝这边来了，近了，近了，我觉得我应该将车子停下来等他，否则又会让那家伙从身边溜走。终于到了面前，我眼巴巴地望着秦五，就在我准备说出那几个字的时候，我发现秦五也眼巴巴地望着我，一副可怜巴巴的样子，好像在说，容我几天吧，过几天我一定还你。我终于还是没有勇气说出那几个字，只是亲切地问候了一声，早啊！他也回了我一句，早啊！说完便头也不回地走了。

后来我买了新皮鞋，因此在相当长一段时间里，我几乎忘了秦五欠钱的事。只有当我的皮鞋又破了，或者衣服又旧了的时候，我才会想起来秦五这家伙还欠我两百元钱。而且每每想起，心里总是隐隐作痛，为什么我还不找秦五要回他欠我的钱呢？

我发誓一定要找机会向秦五讨还欠款，不一定非得在上班路上，上班本来就很急，也不太好开口，但可以趁他领工资的时候，或者趁他打麻将赢了的时候啊。

那一次，我去银行领工资，恰巧碰到了秦五。当时他手里正好捏着一沓钱，正准备往口袋里塞。我连忙冲上去，一把抓住他的手，夺过钱说，小样儿，一个月领不少钱嘛！借两百元给兄弟花花啊？我以为这么一说，秦五立马就会明白我的意思，但秦五只当我是和他开玩笑，也一边笑着，一边将钱夺回去，说，小样儿，你还跟我哭穷，谁叫你就知道把钱交给老婆，自己身上一分钱都不带！说完便将钱塞进了口袋，然后"嗖"地溜走了。我再一次扑了个空。

我实在是想不出什么好的办法来了！

就在我快要绝望的时候，一天晚上，秦五主动打电话到我家里。我很兴奋，慌忙拿起电话，生怕漏接了。可一通电话，我又失望了，秦五只是叫我去他家吃饭。我犹豫了一下，莫非秦五是想请我去他家吃一顿饭，就将我们之间的账给抹掉吗？那我岂不太亏了？但我转念又一想，吃完饭，秦五肯定是

有点灰暗的城市

第二辑

要打麻将的,倘若他赢了,说不定一高兴就将钱还给我了呢! 倘若我不幸输了,正好和他抵账。还是去吧!

就这样,我去秦五家吃饭了,吃饭的还有秦五的一些同事,原来他是叫我来陪客人。吃过饭,秦五那家伙自己没打麻将,反倒叫我陪他的同事们打。我一向不习惯带钱出门的,只好找秦五的老婆借。秦五跟他老婆去了里面的房间,半天才出来。为了照顾我的面子,秦五老婆转到我的跟前,偷偷地将两百元钱塞在我的上衣袋子里。我感觉秦五老婆的这个动作是如此熟悉,这让我突然想起了一件事,上次的时候,也是在秦五家吃过饭后打麻将,我没有带钱,秦五老婆以同样的方式借给我两百元钱。

我现在才恍然大悟,怪不得秦五之前会莫名其妙地找我"借"了两百元钱!

爱做梦的男人

男人老实,不抽烟,不喝酒,不赌博,似乎连点业余爱好也没有。如果真要说有点什么嗜好的话,那就是爱做梦。几乎和大多数男人们一样,梦里,会升官发财,会碰见美女。如果那晚在梦里没有什么"原则性错误"的话,一大早,男人会一滴不漏地将梦中的情景如实告诉自己的老婆。而老婆总是爱理不理,任凭男人每日的絮絮叨叨,习惯了,就像听到每日的鸟叫虫鸣似的,反倒觉得有点惬意。

男人和女人的日子就像一条平静的河流慢慢地流淌着，一流就是十年。

直到有一天，男人起得比往常任何一天都早。奇怪的是，男人没有像往常一样唠叨梦中的情景，而是一跳而起，随即拎起家中的两瓶陈年老窖，就要出门。女人厉声喝止住，问道："你是不是哪根筋搭错了，一大早拿酒干吗？那两瓶酒我早就想带给我爸，你却不肯动的，今天是怎么了？"男人睡眼惺忪，但却一本正经地说："你有所不知啊，主任终于要重用我了，他昨晚找我谈话的，叫我带点东西去他家。"女人劈头就朝男人一巴掌说道："呆子，主任要你送东西，还亲口跟你说啊。你这笨头脑还想升官，下辈子吧！"男人醒了，揉揉眼睛，才知自己这是在梦中，索性就又钻进被窝，呼呼睡去。

可真是世事难料，后来，男人真的就升了，一升就成了副主任了。

升了官的男人一下子竟乐开了花，这一高兴，竟真的就带着自家的两瓶珍藏的老酒去了主任家里。

男人在总结自己升迁官的原因时，竟是十分的茫然：反正升了就升了，管那么多干吗？

男人仍旧爱做梦，仍旧爱唠叨。

无独有偶，有一个阳光明媚的早晨，男人又一次一跳而起，翻箱倒柜地找东西，女人厉声喝止住："问道，你又找啥呢？上回的那瓶酒不是已经让你送人了吗？"男人仍旧睡眼惺忪，但一本正经地说："领导找我谈话，要我当主任呢。"女人正想劈头给男人一下子，但这回女人似乎一下子回过神来了。"莫非……莫非……"女人大笑道，"赶快赶快，快拎些东西去你们领导家。"此时，男人被女人的叫声惊醒了，知道自己这又是在做梦。

女人却大喊道："预兆啊，这是预兆！"她劈头给男人一下子，继续喊道，"你不记得上次你做的梦了吗？后来真的就梦想成真了呀，你今天又做了这样的梦，这肯定又是你要升官的预兆啊。赶快赶快，这次赶紧提前送点东西给你们领导，那样你升得不是更快了吗？"男人迷迷糊糊中感觉女人说得很有道理。

后来，男人可就真的照着做了。

也可真是世事难料，男人可真的就又升了。女人为自己的发现而沾沾自喜。

当上了主任的男人仍爱做梦，仍爱唠叨。可是女人却变了，爱理不理的女人特别爱听男人梦后的唠叨，生怕自己漏过了某一种预兆。可几年过去了，男人似乎没有了什么好的征兆，每次早晨醒来，不是说昨晚和谁喝酒，就是说在哪里捏脚、泡脚……这些话听得女人直冒火，好几次，女人都想劈头打男人几下，但人家现在好歹是个官了。

终于，有一天早晨，男人从梦中醒来后，又一跳而起，满屋里转。女人满心欢喜，赶忙问道："又梦见啥了，快说啊！"男人半天不开口，这可急死了女人。她正想伸出大手，劈头朝男人一巴掌。只见这时，男人竟找来了一只绳子，左绕又绕，想要绑住自己。女人忍无可忍，一巴掌下去，叫道："快说啊，又是什么征兆？"男人醒了，满头大汗地说道："纪委找我谈话了，要我必须马上向组织上把问题交代清楚，否则就要把我绑走，做大牢……"

敲门

咚咚——几声敲门声。妻子欣然去开门，她的好朋友冯大姐每周都这个时候如约来访。

冯大姐往沙发上一坐，便和妻子滔滔不绝地聊了起来。很快，两个女人成了一台戏。我在一旁干愣着插不上嘴。

幸好,冯大姐后来向我问起了她来我家时,在楼梯口遇到的一个男人。

冯大姐一本正经地说,宝子,我刚才在楼下见到一个穿着制服的胖胖的男人,你知道他是谁吗?

我赶紧插上嘴,兴致勃勃地告诉他,你说那个穿制服的男人啊!我认识!我显得很肯定。至于叫什么名字,我不清楚,反正我们认识,还是邻居,他就住在我家楼下。我经常在楼梯口碰到他。

你知道他在哪个单位?

好像是在税务所!

那就对了,就是他!冯大姐有点咬牙切齿。

冯大姐,怎么了?你跟他有仇?

那倒没有,你觉得他那人怎么样?

还好吧!人挺随和的,每次看到都点头问好,很有礼貌的。

假的,你知道吗?他表面一套一套的……

不会吧,有一次,我去市里办事,在小区门口等车,恰好他们单位车来接他,他就邀请我跟他一道,还特意把我送了好远呢!

那也就顺手人情!

还有一次,他敲门来我家,说他家厨房有漏水,在我家厨房查了老半天,还帮我查出了我家厨房的一处漏水呢。

这些男人都是这个德行,我家那个不是东西的以前不也是处处热心嘛!后来,还不是把坏事干了,丢人啦!说这话时,大姐几乎又哽咽了,她每次来我家,总是不想说她的前夫,可是后来绕来绕去还是说到她的前夫。

大姐,原来那个人跟你家老胡也认识啊?

何止认识,穿一条裤子的!不说那个不是东西的了!宝子,刚在我看到好像有一个大姑娘跟在他后面啊?一个长头发的戴眼镜的大姑娘。怪不得他不和我打招呼呢!哎?宝子,你有没有看到过他老婆啊?

好像没有!不过好像是有一个长头发戴眼镜的女的跟他一道出入过。

对,这个坏种,肯定又勾搭了一个小的。原来他的老婆多好的人,又能

有点灰暗的城市

第二辑

吃苦。这些男人都不是东西。大姐越说越激动，我这是命苦啊！小王，你看你家宝子多好的人，冯大姐转头又和妻子絮叨了起来。

咚咚咚——又是一阵敲门。妻子赶忙去开门。

一个十二三岁的小姑娘气喘吁吁地站在门口。叔叔、阿姨，快下楼，三楼着火了。我特地来通知你们的——啊？！我们一声惊呼，慌忙往外撤。

我们一家人匆匆赶下楼时，整栋楼的居民都聚在楼下，消防队员也赶到了，楼下一片慌乱。不过，很快，火被扑灭了，有阵阵烟雾还是不停地散发出来。险情还没有完全被排除时，大家只能在楼下焦急地等待着。

三楼是哪家啊？怎么液化气给弄着了，真是要命啊！这不是害人吗！大家七嘴八舌地议论着。

多亏了这个小丫头，有人拍着那个敲门的小姑娘的肩膀，无不向她投去赞美的眼光。连她的爸爸，那个穿制服的男人也感到无比钦佩，紧紧地攥着女儿的手。她家住在五楼，三楼着火时，她第一个感觉到了，然后她冒着危险逐层往上跑，一家一户地敲门。

大家都争着拥上前跟小姑娘握手，我也准备往前去。

没想到这时，冯大姐已经和那穿制服的胖胖的个男人聊了起来，他们果然认识。

一旁的妻子正和一位戴着眼镜的长头发女子说着什么。后来，我才知道，她也是住在我家楼下，住在穿制服的男人的隔壁。

一次险情，使我认识了好多邻居。一次敲门，也使我们彼此走得更近了。

一把伞

对于第一次去青岛的人来说，最向往的恐怕就是看海了。这不，刚安排好住宿，我便迫不及待地打车去了海边。对于从来未领略过海的人，尽情地拥抱大海该是一种什么样的感觉啊，我一路畅想着。

真不巧，下了车，海边飘起了细雨。

也好，雨中在海滩漫步，不也是一种美好的感觉吗？我静静地漫步在海边，湿的海风，悦耳的涛声，软绵绵的沙滩，我沉浸在无限的惬意中。

漫步在海滩边，不知不觉，身上都快淋湿了。我想我得弄一把伞。可是，这样的夜晚，海滩边，哪里去买伞哦？看着从身边经过的行色匆匆的人们，我突然有了主意。

只见一位打着雨伞的老奶奶，缓缓地从我身边经过。我估计，她的家应该就在附近。我跟上那位老人，轻轻地问她："老人家，您能把这把伞卖给我吗？""什么？卖伞给你？"老人一阵诧异，随即明白了。她微微一笑，将伞递到我的跟前："小伙子，给你，我送给你！"我忙掏出钱来，要给老人。老人连连摆手，说什么也不肯收钱。我过意不去，不好意思地说："那可不行，您不要我的钱，我就不能要你的伞。"转念又一想：如果老人家就在回家的这一段路上淋着雨了，那可不是我的罪过？最后，我还是将伞硬推给了老人。老人消失在夜色中，我继续寻找目标，我一定要"买"一把伞。

很快，目标出现了，一家三口，夫妇俩还有一个小孩，每人手中都有一把伞。他们在海边的道路旁，拦住了一辆"的士"，可能准备坐车回家，看来是雨扰乱了他们散步的兴致。我三步并两步走上前去，拦住那位男子说道："先生，能卖我一把伞吗？""什么？卖你伞？"他先是一愣，随即也明白过来了。他微微一笑，说道："好啊！卖给你，二十块吧，我正嫌拿着它碍事。"我正准备掏钱，旁边的女的不干了："这怎么行，少说也要三十啊！"一旁的孩子睁大了眼睛。我不知道她在想什么。但我分明看到了她童稚的眼神中充满了疑惑。她竟然开口了："叔叔，我把伞送给你吧！"一旁的妈妈早已用冷眼杀过去了。她的爸爸也把她往车里推。那孩子于是什么也没说就安静地坐在车里了。我付了钱，和那个小孩道了别。于是撑起了那把不算大，也不算太新的伞，继续我的海边漫步。

海风轻拂，海涛是声是那么欢快悦耳，雨也渐渐地停了。城市的霓虹再亮也无法照亮这深沉的海，我得回去了。手里的这把伞此刻却成了累赘，因为我的手中已经抓满了从海滩上捡起的各种"宝贝"。这把旧伞还是送给人吧，送给需要的人。看着那些还恋恋不舍地依然停留在海滩上的人，我决定寻找我送伞的目标。

一位年轻漂亮的姑娘，成了我的"目标"。我轻轻地走到她的身边，亲切地说："小姐，送你一把伞吧？"她愣住了，随即也像明白了什么似的。"神经病！"她丢下了这三个字，迅速地跑开了，不见踪影。

李小宝之死

　　李小宝闲来无事，泡了杯茶，卧在沙发里，看起了报纸。然后呷了一口茶，长长地嘘叹了一声。可是没看几分钟，无意中的一则消息竟像磁石样紧紧吸引住了他的眼球。

　　李小宝坐不住了，凑到报纸跟前看了个仔细，又满屋里焦躁地踱着。

　　李小宝是个老实人，可是这几年没过上什么安心日子。这最主要还是怪他的小舅子。李小宝是镇南李村人，父母靠在土里扒，土里掏，弄几个钱供他念完书，这不前年好不容易在镇上谋了个小职位，去年才勉强结了婚。本以为能过上好日子了。可不承想，娶了个好老婆，却落了个不是东西的小舅子。

　　那小舅子是镇上出了名的小混混。弄毛了，动不动要动刀子的那种。还记得他和老婆结婚的那天中午，他小舅子在他家喝多了，跑到街上和人闹翻了，非要撵着人家，说是要捅死人家。六亲不认，任谁也劝不住，几个人没有办法，今儿个可是办大事情啊，可不能出什么乱子。只好追着他，夺了他手中的刀子，硬拉下来。他这还不肯罢休，非要打电话找人，一个电话打了，来了几车人，说要掀翻了那人的家。幸好亲戚们将那帮人劝了下来。否则，李小宝的婚礼也不知能不能办下去了。就是那天，他又搭上了好几桌饭菜，好几辆车费，无形中浪费了许多钱。

从那以后，小舅子就没少给他添麻烦。

隔三岔五地，那小舅子不是被人砍了，就是把人家砍了。被人砍了，李小宝就倒霉了，他老丈人穷得很，养了个不成气的儿子，早气得要死，不管，只好这唯一的姐夫管啊。若是把人家砍了，李小宝更倒霉了。赔了医药费不算，还要求爷爷告奶奶地四处找人，将他从局子里弄出来啊。

你说摊上这样个小舅子，李小宝心情能好的起来吗？

即使不去砍人，他那小舅子也不是省油的灯。那个家伙好赌，好烟。没钱了，就向姐夫伸手。李小宝不能不给，他躲不了的，不给钱他就赖在他办公室里不肯走，你说丢人不，跟专门吸血的虱子似的。

连李小宝的老婆也被弄烦了，更被弄穷了。他李小宝每个月也就那千把块的工资，哪受得了这个折腾，再说，这可也都是血汗钱哪。

后来，老婆也劝李小宝不去理他。可李小宝似乎不敢，并不是真正地关心他，他知道他小舅子那味道。他想，像他小舅子那种人，翻脸跟翻书似的。弄不好，他连这个姐夫也是敢动手的。

李小宝就这样心惊胆战地过着日子。

冬季里，乡下里唱大戏，实际也就是聚人去赌钱。李小宝估计他小舅子要来晃他这个"摇钱树"了。果然，那天下午，那家伙来了。先是不错，叫了一声姐夫，话音刚落，钱字蹦出来了。

李小宝听了老婆的话，跟着就回了一句。没……这个月钱还没到。老实说，李小宝这个月还真的没有多少钱。况且，儿子刚生，儿子的奶粉钱贵着呢。

没等他多解释，他小舅子转身就走了。这回可真是奇怪了。可李小宝却呆了，莫不是那家伙生气了。难怪临走时，丢了一句话，不借算了！他站了好大工夫，竟瑟瑟地抖了起来，这下该怎么办。

意外的是，那小舅子竟再没有来找过他。

就在那天下午，他那小舅子，在街上的理发店里又被抓住了。说是打人，又说是敲诈。

后来,听说被判得不轻,要关三年。

好家伙,这回李小宝可以稍稍喘一口气了。这不悠闲自在地看起了报纸,背地里偷着乐呢。可李小宝注定是个省不了操心的人,一张报纸竟把他看跳了起来。

更为严重的是,年轻的李小宝就在那天晚上死了,死得蹊跷。

警察来的时候,没找到他哪儿受了伤,也没查出他服了什么药。只看到李小宝手里紧紧地捏着一张报纸,那页上写着——男子酒后发狂一拳打死姐夫。……一男子因×××事情与姐夫发生争执,抡起拳头……

常理

走在上班的路上,老李琢磨着——得做一件好事。因为按常理来说,像他们那样一个人头攒动的单位,不做出点突出贡献来,想评先进很难,几乎是不可能的。而评不上先进,自然得不到领导的重视,想提拔那也几乎是不可能的。老李想,拾金不昧吧,没有那好运气;见义勇为吧,没有那个胆。正琢磨着,只听到"嘎吱"一声,一辆小轿车跟无头苍蝇似的,在马路中央打起了转。再就是"嘭"的一声,果然,有一个人应声倒在地上。没等路人看清楚倒在地上的人的样子,那辆黑色的家伙跟鱼雷一般,"嗖"的一声转个弯,便不见了踪影。

倒在马路上的是一位老人,老人似乎还有些知觉,呼号着央求路人救他。路人面面相觑，纷纷从他身边闪过，最多也只是回头瞥一眼，略带着同情的目光。

这一切老李都看在了眼里，于是，他的脑海里突然产生了一种想法：我若将他扶起，再送到医院，那我不就成了英雄人物了吗？对……

在决定去之前，老李又重新考虑了一下做这件事情可能产生的后果——我将他送往医院，最多花上十几元的车费。况且自己一没有小轿车，二没有摩托车，三没有自行车，别人自然对他不会产生任何怀疑，值！

想好这一切后，老李像个英雄似的，三步并作两步，走到老人跟前。然后伸出他那强大有力的双臂，一下子将老人拽了起来。这时，路人纷纷围观而来，老李兴奋了，终于自己等到了在众人面前露脸的机会了。于是更加用劲，恨不得将那老人举过头顶。老李静静地等待着掌声，等待着鲜花，等待着那令人心动的闪光灯……可是什么也没有等到，有的只是众人的劝阻声，听起来那么和蔼，那么亲切。

"放下吧……"

"别救了……"

"你会倒霉的……"

一位老者更是凑到他的跟前，语重心长地说："按常理，这种情况下你是绝对不能救人的。肇事者早已逃之夭夭，而这位伤者看来也已经迷迷糊糊了，你若将他送去医院，面对伤者的家属，你纵使浑身是嘴也是说不清的。"

"说不清的……"

"别救了……"

老李慌了，双手有些微微颤抖。老李满脑子都是那几个字——"说不清的……说不清的……"最后，老李蔫了，双手软了。只听得又是"啪"一声，那个受伤的老人又一次摔在地上。虽然没有上一次打击严重，但这一次，老人却"呜"的一声，一下子昏厥过去了。

有人喊了一声——"不得了了，断气了！"众人吓得四散而逃，老李也欲拔腿就逃，只是老李发现自己的腿都软了，怎么跑也跑不动。

这时候，警察来了，带走了老李。

事情的结果是这样的：那位老人就此一命呜呼了。虽然没有任何证据证明是老李撞了那位老人，但是老李至今还在接受那无休止的调查取证。

谣言

去 W 城办事的人，肯定要去 W 城郊的老鹅汤饭店。那儿的老鹅汤可是在省内外相当有名，整只的鹅放入高压锅炖，再配上特殊的料，炖成的汤油而不腻，香味沁人心脾，热腾腾的汤再去泡锅巴，那更是一绝。每到夜幕降临时，总会有远近的轿车停在门口，排队等候喝汤。

但在之前我一直都没有机会亲自去品尝过。恰巧那天我们去 W 城办事，在车上不知是谁提到了老鹅汤，一石激起千层浪，众人一同响应——去喝老鹅汤吧。于是议论纷纷，都说这个主意好，早就听说老鹅汤出名，今天既然来了，就一定要去一趟。说着说着，竟商量着如何安排好日程去喝汤。就在这时，不知是谁说了一句，听说那个老鹅汤饭店关门了，因为汤里被查出放了"鸦片"呢！又一个人插嘴道，对啊，我好像也听人说了，要不然那个汤是不会那么鲜的。众人听后一片哑然……

事情办好后，竟没有人提去喝老鹅汤的事，于是就都各自回去了。

后来的日子里，经常又听人说去喝老鹅汤，又说那老鹅汤如何如何的鲜美，听得让人直流口水。这才知道那家饭店根本就没有关门，也没有谁查出

那汤里有什么"鸦片"。那只不过是个谣言,我想这真是树大招风,一定是有些同行,见这家饭店生意做得火,故意造谣来坑害人家的。

以后的日子竟很少有机会去 W 城,自然也就没有喝到那"传说"中的鲜汤。只是从那些去过的人口中,饱饱耳福。于是,去喝汤成了我的一桩心事。

一天,我们下级单位的一位同事和我聊天时,竟也说到了老鹅汤,在他眉飞色舞的描述中,我就已经看出那是如何的满足,如何的陶醉。这对我来说无异于火上浇油,在羡慕他的同时,心里竟有些不平,本来我是很早就有机会去的,但就是被那个可恶的谣言破坏了。见他越说得起劲,我就越发的不平。最后,我打断了他得意的"演说",讲道,你知道那个老鹅汤为什么这么鲜吗? 他好奇地望着我。我接着说,那里面放着鸦片烟呢! 最近卫生部门已经查出来了,准备要封店了呢! 他瞪大惊奇的双眼望着我,没再说一句话。我真不明白我为什么会撒这个谎,但我却下定了决心,一定要去一次。绝不能像古时候那个想去南海的富和尚那样了,光想而不敢付诸行动。终究被人嘲笑。终于有一日,我和几个朋友包了一辆面的,专程去 W 城喝了老鹅汤,果然是名不虚传啊。虽然那一次我们花了不少钱,但终究是饱了口福,了却了一桩心事。

从那以后,每每与朋友聊天,总是多了一些谈资。无论是去过还是没去的朋友,我总会和他吹一番那老鹅汤泡锅巴。每每吹嘘时,仿佛又身临其境,就这样我们反复地回味着那喝汤的经历,总希望再去一次,甚至是多多益善。恰巧,单位又组织我们去 W 城学习,同行的还有下级单位的那位同事。到了 W 城,自然又人说起了那老鹅汤,众人齐声说,既然来了,一定要去啊。这时,下级单位的那位同事却大声地说,你们不知道吗? 那家店早就封掉了啊,听说查出那汤里放了"鸦片"呢! 又一人插嘴,我也听说了,要不然那汤是不会那么鲜的。众人听后,一片哑然,我也哑然……

事情办好后,竟没有人提去喝老鹅汤的事,于是就都各自回去了。

后门 🍃

　　学校很大,学生很多。学生上下学来往有两个门,一个是大门,出了门,是条主干道,学生要么自己乘车,要么被家长接走,汹涌的人流不一会儿就散去了。还有一个是小门,也是学校的后门。从后门出去,经过一条小路,沿着小路只能到达一两个小区。除了家住在这里的孩子,很少有孩子走这条小路。相对于大门口的熙攘,走后门算是比较轻松自由的。

　　三年级的学生严峰平时总是走大门。今天放完学,他从自己的位子上挤出来时候,踩着了同桌邹磊的脚,邹磊顺势给了严峰一拳。严峰不甘示弱,也用拳头打了一下邹磊的脸,不巧,打中了他的鼻子,严峰没看清,但他能感觉到他的这一拳下手挺重的。见邹磊哭着跑到老师办公室了,严峰赶忙从教室后门溜出去了,这次他选择了从小门出校。

　　严峰暗自庆幸自己跑得快,要是被班主任逮着就倒霉了。踏上小门外的那条小路时,他像是个成功越狱的罪犯一般,显得异常自由。而且他看到小门出来的学生都很散乱,想怎么走就怎么走。不像走大门,还要沿着马路边排路队。走偏了点,还要被路队长骂的。原来走小门这么快活,他这样想着,便甩着膀子跳窜了好一阵。但他没敢走远,因为回家还必须从小门出去走上一条街道,还是要绕到大门口的。严峰不得不在后门口的那条小路上徘徊了好一阵。等学生都已经散尽了,他想回学校里,再从大门口出去回家。

他折返回去的时候,发现小门已经锁上了。一想到要绕好远的路回家,他生气地踢了一颗地上的石子。他不是生石子的气,他生邹磊的气,不就是踩你一下子吗? 至于要报复我一拳吗,哼! 踢完了地上的石子,他还是觉得不够泄愤。他从书包里摸出一个粉笔头,朝干净的围墙墙壁上写下了一行字:邹磊大坏蛋! 然后扬长而去。

没人注意到严峰写的那一行歪歪扭扭的字。直到二年级的陈明宇同学来到墙角下。

陈明宇是在早晨七点钟的时候赶往学校的,今天妈妈一早就出差去了,妈妈给他早早地准备好了早餐就催他快点上学去。一路上,几乎看不到几个学生。离上第一节课的时间还有整整一个小时,这点陈明宇还不太清楚,他只知道自己来得太早了,得边走边玩,去早了,岂不是太吃亏了。于是一改往日走大门的习惯,这次他选择了从小门穿过去,没到后门口,他就感觉有点尿急了。找厕所好麻烦,顺势他就对准那雪白的围墙开起了"水枪"。然后他拉起裤子飞快地奔向班级,还好早读的铃声还没有响起。

早读的时候,学校后门关闭了。即使如此,后门口还拥挤地摆着一排卖零食的,在这样一个管理严格的学校里,孩子们放松学习压力最好的方式恐怕就是吃零食了。即便后门是关着的,孩子们的一双双小手也会伸过铁栅门,迎接他们的是一个个善于经营的小摊主。中年妇女阿红便是其一,别人的摊位对着学校的围墙,她的摊位则靠着围墙。她像往常一样摆放好那些大大小小的物件后,准备悠闲一阵,不料一只脚踩软了,回头一看竟是被浸湿的泥土,她凑过脸看去,竟闻到了一股臊味——真倒霉,她自然是一阵牢骚。但仍然觉得不解气,总得给今天的晦气一个交代,于是她拿出一支粉笔在身后的围墙上添了一行字:禁止在此大小便!! 为表郑重,她特地在那句话后面加了两个感叹号。

偶然的一次赵校长路过学校后门那条路时,无意中瞥见了那雪白的墙上的五花八门的字。此时的墙上已经是面目全非了。这时的"杰作"比起以前显得更丰富了。比如刘大鹏得艾滋病;比如张涛涛喜欢蔡媛媛;更有急速赛车欢迎你;专修楼房漏水;天天辅导,明天的希望……还有些不堪入目的语句,这里省略。赵校长摇摇头,觉得实在是有碍观瞻。学校马上就要迎接市里的文明校园检查了,怎么还有这些乱起八糟的东西存在?

赵校长立马拿起电话打给大队辅导员刘军,此时的刘军早已经溜到女朋友家了。很不幸的是,刘军在给准丈母娘扛液化气罐,他还腾不出手来接电话。等他丢下那气罐子时,急吼吼地就想着和女朋友今晚的约会。趁那准丈母娘没注意,他轻轻地拉起女朋友的手蹑手蹑脚地往外走。正当他以为没有惊动女朋友的妈妈时,自己的手机再一次不合时宜地响了。

第二次没打通刘军的电话,赵校长有点生气了。不过由于赶着去赴宴,他没顾上这些,招了辆的士就往"香泉湖"大酒店赶去。今晚赵校长要宴请赛局长,这次能成功获取市文明学校的称号全靠赛局长帮忙,这个赵校长谨记在心。

车祸

街道车水马龙,来往车辆川流不息。

忽然,"嘭"一声响,像平静的湖面扔下的一块石头,街道上掀起了一层波澜。一辆小汽车撞上了一辆电动车,小汽车的主人踩在刹车踏板上的右脚微微颤抖着,电动车的主人被翻倒在地的车身压住的右腿瑟瑟发抖。不同的是,小汽车的主人右脚上穿的是锃亮的皮鞋,电动车的主人脚上套着

的是布满油渍灰尘的布鞋;穿皮鞋的脚上似乎隐约散发出阵阵脚汗味儿弥漫在开着空调的车厢内,布鞋的脚上本来就穿袜子,裤子被剐破了,从脚踝往上到小腿肚上的伤口在静静地流着血,疼得布鞋男人哼哼地叫。

皮鞋男慌慌张张打开车门走上前去想瞧个究竟:那辆受伤的电动车歪向一边,布鞋男也索性歪向一边,呻吟声似有似无,眼睛似睁似闭。地面上有血,有碎片,周围拥满了人,四周是刺耳的汽车鸣叫。一刹那间,仿佛有上万只蜜蜂拥进了皮鞋男的耳朵里。皮鞋男没敢继续向前,以至于他根本没有看清布鞋男的容貌。其实布鞋男有着苍老的面容、苍白的鬓发,而皮鞋男充其量只相当于布鞋男的儿子。

皮鞋男重又踱回车里,他的崭新的汽车里其实只有他一个人。他掏出手机开始打电话。打给医院吧,刹那间,仿佛有巨额的医药费像山一样压在他的头顶。皮鞋男对医院不陌生,自己的父亲、自己的岳父可以说是医院的常客,他深知医院里的收费是没有商量的余地的。打电话报警吧,定然也是逃脱不了种种责罚,最后还是离不开医院。找朋友帮忙吧,他开始一个接一个地打电话,朋友们慷慨,朋友说,你这个得具体情况具体处理,少说你也得搭个万把儿吧,耽误时间更不用说了,这都算是你幸运的了。倘若你把人家撞了个三长两短……皮鞋男没敢继续听下去,随即就挂了电话。他微微颤抖的双手从口袋里掏了支烟,但那只点火的手怎么也打不开打火机,他使劲地摇着打火机——真倒霉,刚买的车子才开没几天,就碰到这事。

他来回地在布鞋男跟前转。这时有路人掏出了手机,似乎在报警,而自己的车后已经形成了一条车龙,一条会叫唤的龙,那条龙蜿蜒着,似乎要腾空而起张开大口将他吞下去。皮鞋男的大脑开始在高速运转,继而他的身体开始旋转……皮鞋男转身迅速从车前的储物盒里掏出了一把匕首。

拿着匕首的皮鞋男,双眼发亮,他走向布鞋男,近了……近了……只见皮鞋男跪在布鞋男的跟前,那把匕首横躺在他的手掌中。他的嘴里不停地嘟囔着:求求你,杀了我,杀了吧!

远远地,拉着警报的警车赶来了,继而带走了皮鞋男,也运走了布鞋男。

张三的习惯

　　张三有个习惯——没事的时候,眼睛总爱朝地面巡视,似乎在寻找什么东西。

　　有了这样的习惯,也真的给张三带来了些好运。比如,张三经常去老婆他们单位帮忙打扫柜台前的卫生,扫着扫着,偶尔就能看到一块两块的零票子。张三很大方地展示给众人看——实在没人理他,便假装很不情愿地塞进了自己的口袋。

　　可惜,这样的小利张三也只能偶尔享受个一两回,终究不是生财之道。可是张三这样的优良传统还是继续保持着。比如有一回,张三骑摩托车带着老婆往家赶。光滑的水泥路,畅通无阻,张三的小车便溜得很快。不成想,半路上杀出个程咬金,光滑的路面上突然冒出了个烟盒。车子一闪而过,可张三的眼神却分明被拽了回来。张三想,我就不相信那就是个空烟盒,里面一定有玩意儿。于是远远地还是停下车,转身去捡,一捡,吓一跳,可还真是有货——满满的,还是一包没有拆封的苏烟。张三如获至宝,骑上车就溜回家了。晚上,张三去小店,低价央求老板把那包香烟回收了。不错,张三白白得了四十元。张三心里很滋润,这还多亏了自己那双爱扫地面的眼睛啊。这给张三坚持"巡视路面"带来了很大的信心。

　　张三的好眼神,依旧不停地给张三带来好运。依旧是在路上,只不过这回是在路边的草丛里,一张略显旧的存折被在散步时的张三发现了。打开存折,张三吓了一跳——妈呀!存折上竟然有 15 万多的存款。张三拿着存折的手颤巍巍的,略微有些发抖。顿时,感觉那张存折有千斤重了。而就在这个时候,张三的大脑开始展开了无穷的幻想,仿佛自己一下子就拥有了 15 万似的。飘飘然的张三真的做起了白日梦。他仔细端详着这张存折,存折上的数字竟是那么刺眼。不一会儿,张三发热的头脑就开始冷却了。因为他看到了存折上的一角明明有两个字——有密。这也就意味着,这些钱即使张三想取也是取不到的,人家给加了密。张三不愿接受这样残酷的现实,怎么就这样与巨额的财富擦肩而过了呢? 他愣了好长一段时间,他还是不愿接受这样的现实。最后,张三还是做了最坏的打算——他要找到这个存折的失主。或许,失主一时高兴,就能赠送给他个什么万儿八千的。看来只能如此了。

张三拿着存折,费了好大的周折,才找到了失主。为此,他花费了来回市里银行的四趟车费,还有大约 10 分钟的手机通话费,甚至张三还特地请假半天登门拜访了那位失主。做这些事情时,张三的确犹豫过,可是一想到失主要对他的感激,便什么也不管了。失主拿到了存折后,显得十分惊喜。惊喜的原因是,自己的东西给弄丢了,却有人给送上门来,这真是太阳打西边出来了。失主表明了感激,并详细询问了张三的姓名、所在单位和地址等,表示改日一定登门拜访。张三谦虚地说,这都是应该做的。失主要留张三吃饭,张三摆摆手,要作别。那人没有挽留,只是临走时,对张三说,这个折子你还是带走吧,我的存折丢了很多天了,我早已经挂失了,如今又重新存进去了,自然这个存折已经不管用了。张三耷拉着脑袋,往回赶。

回到家,不曾想,自己口袋里的一百块钱竟然不知不觉在上车的时候给"挤"掉了。张三懊悔万分。没事的时候,张三依旧喜欢埋头在地面巡视着什么,大概是想寻回自己弄丢的一百块。张三便每日这样行色匆匆地生活着,除了地,他什么也看不到,即使自己的名字已经因为拾金不昧而上了单位的表扬栏,他哪有闲工夫注意到那些。

默契

　　八岁那年冬天的一个下午，我欢跳在从外婆家往我家去的一条河埂上。那年冬天的最后一缕阳光洒在清澈的小河上，后来我才知道，从那天开始，老天开始闭上了眼睛，那无休无止的大雪淹没了整个冬天。

　　那时，我总盼望着快点过年，过年就是意味着穿新衣，吃米糖。可我哪里知道，在这距离过年还有十天不到的时间里，我的父母还在为无钱购买年货而苦恼着。母亲打发我去外婆家玩，好玩的我自然应允。长大后的我才明白，原来母亲和外婆之间有一种"默契"——到了外婆家，外婆将好吃的糖果塞满我的口袋。临走的时候，还将好几十元钱塞进我的衬衣口袋里，叮嘱我别丢了。等到回家后，我会一五一十地都跟母亲汇报。

　　那年冬天的最后一缕阳光洒在我的身上，我折了根树枝一路嬉戏。突然路边一个装着东西的鼓鼓的口袋映入我的眼帘。我赶忙走进去看。好一会儿，也发现了这个袋子的路人也都拥了过来，他们几乎异口同声地惊呼道："半袋子猪肉！"他们无不都在为我的好运而欢呼。这时，我隐约想起之前有个男人骑着自行车经过，他的车座后头就夹着一个装着东西的口袋。路过的人越来越多，有人说："赶快把这袋子猪肉拿回家吧！这样你妈就不用买过年的肉了！"是的，那个年月，两刀肉，可以让我们一家过完快活的一个年了，甚至到了第二年的春天都不用买肉。还有人说："赶快把这袋肉送到你外婆家去，要

不你自己拿着藏起来……快点拿着猪肉走啊,你这小孬子!"几乎无一例外都是劝我赶紧把猪肉带走的,似乎那袋子东西本来就是我自己的。

可是,当时的我没有丝毫要把这点东西拿回家的想法。我只是傻傻地站在那里等着,等着……终于,那个丢东西的人回来了。我高兴地向他指认他的东西,后来我还开心地把他送走。

那个冬天,没有任何人给我这应该得到的表扬,那个丢东西的人没有,外婆没有,母亲也没有。直到第二年的春天,得知这件事的班主任老师在全班同学面前表扬了我,还给我颁发了一张奖状。那天我的心里乐开了花。

同样颁发奖状的情景还出现了三十年后的一天。在那个冬日的阳光下,作为一个有地位有权力也有爱心的官员,我在给一个贫困山区的孩子颁奖。从那个领取奖状的天真可爱的孩童的眼神中,我似乎看到了一种力量,这似乎让我想起了三十年前的我。我握着那孩子的小手,我很想探过头去和他说说话,我真的很想帮帮他,或许经过我的帮助,他将来就有可能成为现在的我。可是,因为时间紧张,我牢记着我和张春山之间的约定。

晚些时候,张春山来到我的家里。他带来了一个经过包装的盒子和一个只需要我动动嘴巴就能完成的任务。当时的我并不知道,那个盒子里装着二十万!但我能确定,那里面有我想要的东西。虽然我现在已经处在了这样的位置,但有些东西我还是需要的,为了家庭,为了孩子,为了许多。而对于张春山,他也同样需要许多。这是我和他之间的"默契",这个你是知道的。当时的我一如孩童时候的我,毫不犹豫地做了决定,不过这回我是留下了那盒子。后来,我也轻松地帮助张春山完成了他的心愿。

那个冬天,没有人知道我和张春山的事,我的上级不知道,我的下级不知道,我以为所有的人不知道,我甚至以为我无所谓别人知道不知道。

可是,最终还是有人知道了。于是,我的人生的冬天到来了。

这年冬天的最后一缕阳光透过第17监区的窗户射进屋子里。透过这小小的窗户,我的思绪又回到了八岁那年的冬天。

第四辑

送给爱思考的你

一提起大海,就触动了晴儿心底许多的情绪。于是,海风、海水、沙滩,感动、诗意、神往……许许多多沉睡在心底的美妙的感觉都一下子涌了出来。

手术室门口的等待

　　第一次,在手术室门口等待的是男人。

　　手术室里是难产的女人。女人怀孕九个月,肚子出奇的大。本来男人一点也不为女人生孩子而担心,他们之前已经有三个孩子了。女人生孩子大概跟养小猪差不多,男人这样想。可这回女人肚子疼得不一般,送到医院的时候,已经开始出血了。后来大量的流血,男人就恐慌了。一整个上午,男人在悠长的走廊里焦急地徘徊着,什么时候出来? 什么时候出来? 男人喃喃自语。

　　终于,母子平安。男人长舒一口气,瘫坐在长椅上。

　　第二次,在手术室门口等待的是女人。

　　手术室里是遭遇了车祸的男人。男人干完地里的活计,又在城里工地上谋了份活。女人老早就跟男人说,不要再干了,多歇歇! 要么就不要加班! 男人哪里听得进去,他和女人其实都知道,孩子多,几个孩子都要上学。不干怎么行?

　　那一个月底,男人说好了要回家了的,女人早早地做好饭在村口等待,直到天黑也不见男人的踪影,等来的却是男人出车祸的消息。男人被车撞了,那司机把男人送到医院的急诊室人就不见了踪影。幸好,同村的工友得知了这件事,赶忙告诉了女人。

女人带着钱飞也似的赶到医院。

所幸，男人从鬼门关给拉了回来。但是后来的男人却成了残废，利索的双脚走起路一瘸一瘸的，而且男人的脑壳上也掉了一块骨头，男人行动思考起来跟傻子似的。

第三次，在手术室门口等待的是男人。

男人拄着的拐棍"嗒嗒嗒"不停地敲着地面，悠长的走廊男人来回挪动了不下百个来回。其实，男人心里清楚，女人这病完全就是为家里操劳的。男人不能干重活后，女人把自己变成了男人。家里家外，多少事就靠女人去张罗。男人多少次流着泪对女人说，他娘，不要再累了，孩子们这么听话，让孩子们自己去过活吧！女人哪里听得进去，你这个死老头子，就知道喝酒！喝，喝，下次再喝我就把你的酒杯子给掼了。

多少年了，男人的酒杯子还安稳地摆在桌子上。

女人还是被救了回来。但医生告诉男人，女人的胃癌的已经是晚期了，就算切除了也极有可能再复发，女人活不过一年。

男人开始学着去照顾女人。男人学着做饭，做菜，用颤颤巍巍的双手给女人端屎端尿。男人想把自己变成一个女人。男人告诉女人，你想吃什么，我就去做什么。有一回，女人说好久没有尝过吃野菜的滋味了。男人二话没说，拄着拐棍，翻了好几个山头，挑了好大一篮子野菜。

终于，男人也倒下了。

把男人送到医院里的是儿子，男人这回要做一个大的手术。男人说，这恐怕是自己的最后一次手术了。医生也说，我们尽力，这种病只能听天由命。

女人的身体已经不允许她走出家门了，可女人却挣扎着要去医院。

男人开始动手术了，女人在手术室门口焦急地等待着……

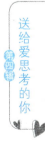

魔术师的"托儿"

　　纸牌在魔术师手中自由翻飞。时而似风一样上起下落,时而又如被穿了线一般,怎么也跳不出魔术师的手掌,时而又似经受了点化的只只蝴蝶,翩翩起舞,时而又似片片秋叶自由飘落,无休无止——更重要的是,魔术师不仅会玩牌,还会读牌,他似乎能读懂纸牌的心思。

　　在观众的一片赞赏的掌声中,魔术师的脸上露出了自信的笑容。观众其实就是那么容易被征服,魔术师把食指竖立在嘴唇前,"嘘"的一声,观众安静了,现在只剩下一小叠纸牌也安静地躺在魔术师的手里。

　　魔术师托着那一小叠牌走下台,来到观众面前。那叠纸牌随着那只充满魔力的手伸到一位女观众的面前。刚开始,那位女观众显得有点诧异,有点慌张,但很快她抑制住了激动,平静熟练地和魔术师配合起来。观众笑了,大家都知道,魔术师需要"托儿",这个女观众其实就是魔术师要找的"托儿"。当大家注视这个"托儿"的时候,就没有人注意到魔术师到底干了些什么。这正是魔术师需要的,很多时候,很多的小动作,魔术师不是没有做过,而是做了你没看到而已。

　　请将所有纸牌展示给观众,然后再从这叠牌中随便抽取一张展示给观众!注意,可不要让我看到任何一张牌的正面啊!魔术师面带笑容,说得那样亲切,仿佛对面的这个人就是他的知音。笑容从魔术师的脸上传到他的"知音"的脸上,然后再从他俩的脸上传递到每个人的脸上,大家愉快地欣赏着这个节目。

镜头对准了那叠牌,所有的观众都看得真切:这是一叠一共十三张的红桃同花顺。接着那位女观众顺从地从那叠纸牌中又抽取了一张。她欣然地按照魔术师的吩咐做完了这一切,观众也欣然地笑了,他们看得真切:女孩抽取的是张红桃7。很快那张红桃7又被夹在那叠纸牌里了。这一切,观众看在眼里,而魔术师却在有意地装聋作哑。

那张被公开的红桃7连同其他的牌一起再次回到魔术师手里。魔术师再次洗牌,纸牌翻飞,似风,似蝶,似叶,观众再次响起掌声。

片片叶儿快要落下的时候,魔术的手轻轻一收,接住了所有的牌。随后,片片叶儿排列整齐,反扣在桌面上。魔术师朝手心吹了口气,然后他手臂一挥,双手缓缓地在纸牌的上方耍起了太极,如风,如蝶。最后他一掌拍下,似乎对一张纸牌施加了魔法。

有了魔法的那张牌被捡起。他面带笑容地提着那张纸牌,再次走下台,交到那位女观众面前。这时,大家都已经猜出来了,那张红桃7要再次与大家见面了。观众和魔术师一样自信,这点能耐对魔术师来说,并不难。果然,那位女观众接了牌,像上次一样,她像个标准的举牌手,她朝三面的观众展示,唯独没有让魔术师看到,观众看得真切:就是那张红桃7。

台下响起了热烈的掌声,观众个个喜上眉梢。魔术师也喜上眉梢,这正是他需要的。而就在此时,那位就要被大家忽视的"托儿"却突然开口说话了,她拿起话筒诡异地朝魔术师,也朝大家说道:这是张红桃6。观众席一片唏嘘,甚至传出了阵阵的喧闹。那个"托儿"分明在说谎,她的话看似玩笑,却是恶作剧啊!要命的是,她又将那张牌紧紧抓在手里,然后揉成团,撕碎,丢在垃圾桶里。女孩所做的一切似乎饱含着对魔术师的愤恨和嘲笑。观众呆住了,他们从没见过这样的托儿,更没见过魔术师这样的收场。人们分明看到,魔术师脸上的些许慌张。有一刹那,魔术师似乎张口结舌了。

然而,就在短暂的一刹那之后,魔术师的脸上再次恢复了镇定,他也诡异地笑了——你说得对,你撕碎的那张就是红桃6!

又一位观众走上台来,她将扣在桌面上的剩下的十二张牌一一展示给观众看,红桃A,红桃2,红桃3,红桃4,红桃5,红桃7……十二张牌一一被观众数完,唯独没有红桃6。

观众笑了,掌声再次送给了魔术师,经久不息,人们的目光再一次聚集在那个"托儿"的身上。

新《农夫与蛇》

善良的农夫用自己的身体暖和了冻僵的蛇,蛇苏醒后,竟一口咬死了农夫。

农夫死后,农夫的儿子牢记父亲临死时对他的叮嘱:绝对不可以对一条会咬人的蛇报以仁慈之心。他在心底里暗自发誓,只要我一遇到那可恶的蛇,一定要将它置于死地。

终于,有一天,小农夫在田野里遇到了一条蛇。那蛇从草丛里游到土地上,似乎就是专门来和这个小农夫挑战的。小农夫很警觉,他敏锐地感觉到了草丛里异常的动静,一低头他就发现了那条蛇。小农夫镇定自若,一个箭步跳开了,然后,他迅速地举起手中的锄头,瞄准那个家伙。如果这一下子能够成功实施的话,那条蛇应该就可以一分为二了。

但此时,那条小蛇却扬起头来,说话了:

"我知道你想杀我,但请允许我在死之前把对你说的话说完……"

"说话？那你说吧！我要让你死得明白。"

"你知道我为什么来找你吗？"

"为什么？"

"我是来向你赎罪的！"

"赎罪？你们这些心狠手辣的家伙，还懂得赎罪！"

"当然，我们的前辈真不该咬人。那个咬了人的家伙已经得到了应有的惩罚。在它回去之后，就因过分内疚郁郁而终了。"

"难道你们会改掉你们用那锋利的毒牙咬人的本性？"

"是的，我们已经改了。实际上，蛇类中很多种类，它们空有满口锋利的牙齿，它们什么动物都不会咬的。"

"我怎么会相信你的花言巧语？"小农夫再一次举锄头。

"我必须要告诉你最后一点，否则我会因为我没有替我的前辈赎罪而死不瞑目的。"

"快说！"

"我说过这次来就是要用我的身体来赎罪的，所以你不可以用锄头将我一分为二。你应该活捉我，然后把我泡在酒精里。这样的酒一定会让你补补身子的。求你给我一个这样的机会吧！"

小农夫思忖了片刻，"呵呵"地笑了两声，相信了那条蛇的话。

很快，那条小蛇被农夫捉起带回了家，放在一个装满酒的玻璃罐子里。正如小蛇自己所说，它安静地躺在那里，浑身舒展，似乎毫无抵抗能力，仿佛死去一般。

经过了一个冬天的漫长等待，小蛇在酒精之中慢慢苏醒。任凭酒精对身体和大脑的麻醉，这条小蛇还是很清醒，它要做的就是伺机逃走。但此时，罐子被密封着，可它明白，小农夫在这个春天肯定会打开这个罐子的。

果然，春天到来的时候，小农夫喜气洋洋地来到罐子跟前。只见他若无其事地打开罐子，然后轻轻地将其中的酒液往一个碗里倒。那酒刚刚流出来，小蛇顺着酒液游出坛外，毫无防备的小农夫一下子就被咬中了手腕，蛇

死死地不肯松口。

农夫一把抓住小蛇的"七寸",用劲一拽,将蛇捏在手里。小蛇挣扎着在空中狂笑着说:"死到临头了,不一会儿你就会中毒死去。"小农夫若无其事地看着小蛇:"你看我的手被你这个可恶的家伙给咬了,但是你知道吗?其实你的身体里早就没有了毒性了……"小蛇瘫软着跌落在地。

小农夫心里早已明白,即使再多的花言巧语也无法掩饰蛇会咬人的本性。

藏

方帕不大,恰能把那卷得严严实实的三百块零钱包成三层。然后她在那火柴盒般大的坑上盖上砖,最后她把那立柜的一只脚移到那块转上。四块砖稳稳当当地撑起了这个古老的立柜。

她的心稍许安定了下来,她想这下那三百块钱可算安定了,免得那死老头子摸到了死赌去。她搓了搓手,拿起她的拐杖。"咯嗒、咯嗒……"她慢慢地拐到前门,坐在那矮矮的方凳上。所幸,院子里没有一个人。她闭上眼睛——这下好了。一百块钱买肉去,买肉哪用得了一百块啊,一百块钱可以买几百斤肉了,二十,不,十块钱肉够一家子吃上一个冬季了。再拿五块钱扯上三尺布,给三个孩子各做一件新衣。再给小的做双鞋,小儿子脚上的鞋子是老大传给老二的,最后传到老三的脚上的。如今,两只脚都露出大脚趾头了。对,得给女儿也买尺布,女儿家里枯。还有,也得给死老头子做件衣服……不急,这些事情都要等到初一逢大集的时候一道给办了。她这样想着,午后温暖的阳光照在她的身上,仿佛母亲的手一般,这浓浓的光把午后的院子抚摸得昏昏欲睡。她也沉沉地进入了梦乡。

那一回她记得清楚,她从队长家里借来十块钱,没放热,就被死老头子从床底下的小菜坛底给抠出去了,一晚就输得精光。那晚她把死鬼祖宗十八代都骂了遍,村里人听得清清楚楚,都知道她男人王老三不是个东西。那个冬天,几个孩子几乎都光着屁股,一条仅有的棉裤三个孩子轮流着穿出去。还有一回,赌红了眼的王老三疯狂地在家里乱翻东西,她紧紧地看着家里所有值钱的东西,彻夜未眠,但第二天她还是发现家里仅有的一袋米被死鬼扛走去买了。一连三天,她像疯子似的替三个孩子在村里喊冤,谁家行行好,给点米让我煮点粥给孩子吃啊……

很多时候,她真希望死鬼早点死去算了。可是,她心里又是舍不得。当初要不是死鬼家里有几个臭钱救活了她爹娘,可能她爹娘早也不在了。作为一个女人,她只能默默忍受。受了委屈她除了哭喊,还能有什么办法呢?终于,死鬼醒悟过来了,他跌跌撞撞从赌场回到家时,浑身是伤。她给死鬼擦净了脸,小心地扶他上床休息。

从那以后,死鬼再也不去赌钱了。可是,死鬼和她辛苦干活攒的几个钱总要留下一半给死鬼还巨额的赌债。她看出死鬼这回是下定了决心。她想自己也不需要再藏钱了吧,可她还是舍不得孩子。她想方设法留下几个钱,还是小心翼翼地藏在死鬼不知道的地方,到了过年过节她才拿出来,给孩子改善下伙食,给孩子添几件新衣。这点藏起来的私房钱几乎成了她生命的全部。

多少年来,她就是这样偷偷地藏着自己的一点点积蓄。她执着地做这件事情,孩子们虽然长大,她的习惯还是改不了。孩子大了,都有自己的生活了。长大了的孩子可以挣钱养活自己了,有的甚至可以给老人家生活费了。但她始终是舍不得用,舍不得用,她就又想办法藏。她想,有钱了就要

藏起来,即使死鬼不去赌钱,钱也不可以乱用的。有钱藏着,说明家里就有了希望,她给自己的藏钱又找到了新的理由,而且是那么坚定。

午后温暖的阳光里,她重重地从方凳上摔倒在地,她的一只手摔成了骨折。几个儿子纷纷从外地赶回。老人原本羸弱的身体,经过这么一摔,几乎成了瘫痪。几个儿子合计着,爹去世得早,现在只剩下一个老娘,还有点糊涂。如今又跌成这样,我们总得有人在家服侍吧。可是,三个儿子中谁也没时间去服侍老娘。他们各自的小生意都在等着他们去收钱呢。最后,他们决定花钱把老娘送进托老所。

在给老娘收拾东西的时候,大儿子在枕头底下发现了一卷四百多块的钱,二儿子发现床铺下的草里也夹着一卷钱,小儿子收拾鞋子的时候,发现一只鞋子鼓鼓,他把手伸进去也掏出了一卷钱。可是他们三个谁也没有发现立柜下的砖头下面盖着的钱。

以身作则

男人、女人和六岁的女儿在公园散步,他们手中各自拿着一根冰棍有滋有味地啃着。没一会儿,男人率先将冰棍啃光,只剩下原先包着冰棍的纸袋子。然后,男人随手将那张纸扔在路旁。纸袋子淹没在路旁片片的垃圾中。女人一回头,瞥见了男人的所作所为,她竟然勃然大怒,瞪大眼睛朝男人吼道:"你怎么可以乱扔纸屑!你给女儿做了个什么榜样!"

男人愣住了,的确,他不应该乱扔纸屑,更不应该在女儿面前这样做。平日里妻子对女儿的教育严格,在公交车上,她就已经告诉只有六岁的女儿应该给老人让座,而且妻子经常也是以身作则。有一次,妻子和女儿逛街回来,发现女儿手里竟然拿着一个没有付费的玩具。当即她就带着女儿一路找上那个卖玩具的摊点,虽然后来没有完璧归赵,但是小女儿却被妈妈骂得狗血淋头。

女儿发话了:"妈妈,爸爸不是好孩子,好孩子不会乱扔纸屑的。"女人脸上露出些许得意。男人顿时面红耳赤,赶忙跑到那块纸屑跟前,蹲下身子捡了起来。

三人继续行走着。爸爸垂头丧脑地跟在手拉手走着的母女俩后面。"妈妈,公园里为什么会有这么多纸屑呢?"女儿注意到了路旁那片片的垃圾。"是啊,孩子,你看这么多纸屑多脏啊!漂亮的公园就是被那些不讲卫生不讲文明的人给破坏了……你说,我们要不要做不讲卫生不讲文明的人啊?""不要,我不要!"女人年轻的脸上再一次次露出得意的神色,她得意地抱起女儿,跨过被一片污水破坏的路面,嘴里不停地嘟囔着:"这是什么素质?脏水就洒在路上!"

一家三口离开公园,一批批的游人也陆续离开公园。最后只剩下些打扫卫生的清洁工。在快到自家小区大门口的时候,女人开始注意到了走在自己身后的男人。让她惊奇的是,男人手里还攥着之前的那张纸屑,而且他一路走来,手里竟然抓着一把这样的纸屑。

女人盯着男人,没好气地说:"你今天是怎么了?毛病了是不?你讲不讲卫生?"男人慌慌张张,赶忙找了个垃圾桶,一下子把手中那把东西丢在桶里,然后如释重负地拍了拍手。男人憨憨地说:"我这不是给女儿做表率吗?不可以乱扔垃圾……"

"你……你!"女人迟疑着不知说什么好。女儿惊奇地看着她的爸爸妈妈,不知道他们在干什么。最后女人狠狠地剜了男人一眼,独自走上楼去。整晚女人都没有给男人好脸色。

后来的一天,女儿和小伙伴们在幼儿园老师的带领下去公园郊游。一路上,女儿十分乖巧,她牢牢记住妈妈的话,自己留下的垃圾一一整理好丢在垃圾桶里。而别的小朋友却多多少少有些疏忽,所以一路下来,他们还是在公园里留下了不少垃圾。郊游结束时,老师发动小朋友开展了"你丢我捡起"的活动,女儿则站在路边一动也不动。

大海,我想你

昨天还是鸟语花香莺歌燕舞的办公室,今天一大早却冷若冰霜寒风飒飒。

这都源于昨天下发到办公室的一个"评优"通知。年度优秀,每年一评,大伙儿司空见惯。可是,今年对"年度优秀"的奖励不同于往年,除了有几百块的奖金外,上级部门还会组织"年度优秀"去一趟海南。这样一来,本来如同鸡肋的"年度优秀"一下子就成了香饽饽。

为了不至于引起大伙儿的矛盾,单位将年度优秀名额分解后,分配给每个办公室一个名额,这一个名额自然在办公室成员中评选产生。通知一发出,办公室里的八个人一下子全都像被冻住了似的,阴着脸,低着头,各怀"鬼胎"起来。

一提起大海,就触动了晴儿心底许多的情绪。于是,海风、海水、沙滩、感动、诗意、神往……许许多多沉睡在心底里的美妙的感觉都一下子涌了出来。他顾不上帮琴姐拍下挑了几天才中意的那款风衣,扭头就回到自己的办公桌前,急促地将那本考试书无心地乱翻着。

琴姐呢,赶忙退掉购物网页,百度搜索"三亚"——蓝天白云的映衬下,蔚蓝的海水鲜亮夺目,在这样的一个寒意瑟瑟的深秋里,如果能踩着细软的沙滩,吹拂着海风,头戴草帽,身穿短衫……那是何等的惬意啊! 想着想着,琴姐不知不觉沉醉其中。

办公室主任刘大彬环顾四周,见每个人都伏在电脑旁安心而专注地做着手头的事情,自己也干脆低着头遐想起来。他在"百度"里输入的词语是——天涯海角。不知不觉中,刘大彬就想,如果周菲儿他们办公室的名额能被周菲儿得到,这样自己不就可以名正言顺地和周菲儿来一个烂漫之旅了吗? 刘大彬深深记得,周菲儿和他说过一句话:如果要我们的爱成真,那只有到天涯海角,只有到海枯石烂。

一贯稀稀拉拉来上班的办公室,一大早竟然没有一个人迟到。可是,并没有人给饮水机换水,也没有人去倒垃圾了。刘大彬刚去了局长办公室,据他说是提交评优方案了。这不,素以大姐大自称的琴姐就召集起几个姐妹开始商讨了。办公室的三个未婚女子围在琴姐的大手下,就像争食的小鸟儿似的。琴姐勒了勒手袖,豪爽地说:"去年为了我评职称,你们把'优秀'让给了我。我这点恩情还是记着的,虽然我从来没去过海边,不过这次我主动放弃,晴儿、大蒋、老蔡,你们几个要争一争。我告诉你们,可别让'刘大头'得逞了。据我观察,刘大头这次有点'图谋不轨'。"最后一句话,是琴姐压低了嗓门说的。但是四个女人还是"哈哈哈……"的一阵欢笑起来,笑得办公室其他几个人一阵毛骨悚然。四个女人在一阵欢笑声中,各自忙开去了。

刘大彬从局长办公室回来时,一张大脸像被秋霜打了似的。他把那叠文件往桌子上一扔,就嚷嚷着要喝水。新来的大学生小强赶忙去给饮水机换水。

刘大彬清了清嗓子就开始在办公室发话了:各位,本来我已经将详细的

送给爱思考的你
第四辑

考核方案报上去了,但是这次局里的精神很明显,就是要充分发挥民主。群众的眼睛是雪亮的,就是要我们采用无记名投票的方式来决定这次的优秀。

晴儿暗自好笑。接着每个人都情不自禁地笑了笑。随即是一阵热烈的掌声。刘大彬纳闷地扫了大家一眼。

第二天中午,投票结果就出来了。琴姐以三票独占鳌头。琴姐感到有点莫名其妙,刘主任更是吃惊。

出发去海南的前一天,琴姐请姐妹几个吃饭。姐妹几个兴致极高,轮番朝琴姐敬酒,琴姐似乎有点招架不住了。但是见姐妹几个兴趣盎然,琴姐竟挽起手袖,耍起了大老粗来,她端着一大杯啤酒一饮而尽。晴儿插上一句:"琴姐是女中豪杰,更有儿女情长啊。你还记得你写的一首诗吗?那个叫大海的一定是个帅哥吧? 说不定还是你的初恋呢?"琴姐一阵愣:"你这死丫头,怎么把我的日记给翻出来了!"说着端起杯子要和晴儿拼酒。

当晚,琴姐喝高了,跌跌撞撞回家了后,倒头就睡。琴姐的梦里出现了碧水、蓝天、海鸥、海浪……沉睡在琴姐脑海里多年的一首诗忽然也从脑海里复活了——如果看见了大海／替我向她问好／说我想她了……

相遇

宝子一来我们办公室,几乎人人喜欢他。宝子是个年轻人,却没有年轻人的那种气盛和傲慢。他为人处事彬彬有礼,特别低调。况且办公室里平均年龄超过四十,三十都不到的宝子显然是充满活力的新鲜血液。

王大姐急切地要给宝子介绍对象,好几个小女孩子家里早已跟王大姐打了招呼,要是有未婚的进单位了立刻就可以答应下来。谁知王大姐一打听,发现宝子早已名草有主了,而且儿子都好几岁了。

可是王大姐依然对宝子兴趣不减,日日喜欢和宝子面对面闲聊。从家庭到工作,从生活到处事,憨厚老实的宝子总是引得王大姐咯咯地笑。后来当得知宝子的母亲竟然只比王大姐大两岁的时候,王大姐开心得不得了。一刹那间,王大姐仿佛自己就是宝子的妈妈了,有一次她就逼着宝子改口,不许他叫自己"王姐",改叫"王姨"。宝子想起了自己妈妈那张饱经风霜的脸,再看看皮肤粉白细腻的王大姐,哪里能改得了口?

有好几次,宝子慨叹自己的母亲穿着破旧,生活节俭,更谈不上什么美容与保养了。王大姐听了这些话,在深深同情之余,脸上不自然地流露出了些许得意。然后王大姐就开始滔滔不绝地讲起了自己是如何保养美容自己的了。的确,王大姐是办公室里的首富,每个月光花在衣服的就好几千,更不用说是买什么化妆品做汗蒸买名牌包啊鞋啦。每次王大姐说这些的时候,宝子都张大嘴巴,做翘首企盼状。显然,宝子在仰望着,宝子和王大姐的生活还是有一段差距的。宝子在这个城市没有一片瓦,住的房子还是租的。王大姐呢,家里光房产就是好几处,据说还有一两块地皮。

终于,宝子后来也在这个城市有了自己的房子,但是这几乎花光了宝子和他父亲的所有积蓄。后来,宝子的一家三口都住进了那个房子。宝子的母亲也住进了那个房子。宝子的母亲专门是来照顾宝子要上幼儿园的孩子的。

听说宝子的母亲来了,王大姐就对宝子说,期待着能见宝子的母亲一面。按照我的理解,王大姐要见宝子的母亲十之八九就是为了炫耀,以此来寻找满足感。但是宝子并没有那么想,我们纯真可爱的宝子一如既往地尊敬着王大姐,宝子向来如此。对于王大姐的要求,宝子显得有些不好意思。因为自己的母亲虽然只比王大姐大两岁,但宝子看来,她似乎要比王大姐大上二十岁,如果她们真的见面了,感到惭愧的不仅仅是宝子,还有宝子的母亲。

可是，在冥冥之中，她们两个人还是相遇了。说来也巧，有一天傍晚出来散步的王大姐第一次遇见了宝子的母亲。

多年来，王大姐一直感觉到自己的体重一点点地在增加。起初经人介绍，汗蒸可以减肥，王大姐二话没说办了年卡。后来竟然发现自己像个馒头似的被那汗蒸房蒸得越来胖。然后王大姐就是疯狂地吃减肥药，哪里管用啊？最后，王大姐在网上找到了减肥经——每天不吃晚饭，还要坚持傍晚散步。于是每天傍晚，别人吃晚饭的时候，王大姐就从家里面出来散步。

那一回，王大姐散着散着竟走出了小区，走了很远。在一条马路边已经被开辟成菜地的泥土地上，王大姐无意中看到了宝子。宝子此时手里拎着一只水桶正给那一畦绿油油的小白菜浇水。宝子的母亲在旁边将那小白菜的秧苗移栽。阳光洒在他母亲慈祥和蔼的脸上，那微微发白的两鬓、饱经风霜的脸庞告诉我们：岁月在她的身上已经刻下了许许多多的痕迹，岁月还将继续在她身上走过爬过压过。

王大姐出神地望着宝子的母亲，有一种感觉第一次突然从心底产生：我是不是也老了？

地震来了

阳光明媚春机盎然的早晨，我们照例一大早来到办公室上班。

冲杯咖啡，打开电脑，接下来有人登 QQ，有人玩游戏，有人淘宝，有人打着无聊的哈欠,有人则要张开大嘴巴开始广播了……

秦大姐好大一张嘴啊!

单位里的单位外的,只要有什么绝密的消息,秦大姐总是能够提前跟我们分享。比如:"五一"单位集体组织去苏州了;刘主任和小李之间有情况了;王大头又买了套房子了;戴大姐家的小狗死了……也不知道秦大姐这些消息都是从哪儿得来的,但是经过时间的印证,后来发现秦大姐透露的这些事情都是真实的。不过,真实不真实倒也并不重要了,因为提前听到这些绝密消息足以骚动整个办公室了,而且可以保证我们办公室至少一个上午有谈资了。不亦乐乎?

这不,秦大姐一张嘴,小喇叭就开始广播了。

不得了了,这几天就要地震了!

一石激起千层浪,办公室里埋着头的几个人,几乎一齐抬头,探脑,竖起耳朵,关注起了秦大姐。

你们不知道吧? 这几天,政府都在开会布置,严防地震。

不会吧? 怎么可能? 我们怎么没听到预报?

我家那位他老表在政府上班,听他说,他们那边已经开防震会了!

要是真有地震了,那该怎么办? 咱们这个房子能承受吗? 秦大姐,你知道这地震的准确时间吗?

反正就在这几天! 至多不超过月底。

秦大姐的最后一句话,让整个办公室都怔住了。

整个上午,办公室里异常纷扰。有人上网查实地震的相关消息;有人打电话外出求证;也有人忙将脑袋伸到秦大姐跟前,跟秦大姐私聊,希望从秦大姐那儿再得到些绝密消息。

从网上查阅的同志们,一无所获。按照我的理解,咱们的地震观测预报技术还没有达到那么准确的程度;打电话求证的同志们,更是神情惶恐,原来正如秦大姐所说,最近在我们这个城市确实有关于地震的传言。

于是带着惶恐,我们度过了一个不安的上午和下午。互相不舍地告别后,我们都忐忑不安地回到了家。

一夜过来,安然无恙。

第二天去办公室的时候,秦大姐又开始广播了……

说话前,秦大姐将一个挂在脖子上哨子的从衣服里给抽了出来。一边拿着哨子比画着,秦大姐一边滔滔不绝地讲了起来。最近这哨子卖得可火了!十块钱一个,你还得找人买。

有个愚笨的家伙还问秦大姐这哨子是干吗用的?

干吗?假如地震把房子给震倒了,你要是压在房子里头,没力气喊叫,就可以吹这个哨子啊!

是哦,是哦,一个哨子,一个求生的希望啊!

当天下班后,我们集体去小贩那儿买哨子。幸好秦大姐认识那人,依旧十块钱一个。其他办公室的,都花二十块一个了。

第三天下午,我们集体去买矿泉水。幸好,那家店主跟我们办公室合作过,卖给我们五元一瓶,我们每人买了一箱。

第四天晚上,我们赶到秦大姐家,替秦大姐在自家楼房顶层,盖了间“防震棚”,秦大姐说,今晚他们全家住楼顶,顶层不怕,即使房子倒了也压不着。

第五天晚上,办公室集体聚餐。老刘说,还不提前享受享受,地震来了,恐怕什么也看不到了。

第六个晚上是月底,是秦大姐预测的最后期限。按照秦大姐的说法,我们今晚要守夜。防止地震的突然袭击,据说唐山大地震就是在深夜发生的,伤亡惨重啊!

第七天一大早,我们依旧打着哈欠去上班。我们一边张着大口,一边问秦大姐,怎么地震还没来啊?

秦大姐神神秘秘地说,据说就在这三天了,真的!消息绝对可靠!

唉……

骑三轮车的老人

学校很大，每天放学的人流似潮水一般。大点的孩子会自己骑车或乘公交回家，小点的孩子自然是少不了家长接送。作为班主任，每天在把孩子们护送出校门的时候，我会惊奇地发现，每个孩子的家长会从那汹涌的人流中准确地找到自己的孩子，然后牵着他的手，欣然地带他回家。我也会发现很多孩子会在挤得里三层外三层的人群中迅速找到自己的父母或爷爷奶奶，然后像只快乐的小鸟扑向他们温暖的怀抱。

在众多的接送孩子的家长中，我注意到了一位骑三轮车的老人。她是我们班级一位孩子的奶奶，她的长相很普通，只是穿着上略显破旧。她的三轮车更是普通，而且别人的车子一般都是电动的，她的车子是要靠脚踩的。之所以会注意到她，还是因为她每次都在一个固定的地点等她的孙子。很多家长一等下课铃声响了，就迫不及待地伸头探脑找孩子了，哪怕他们的孩子还在楼下站队，他们就恨不得挤进校园里去了，有的则不顾一切就冲进了校园里面去了。而那位孩子的奶奶则似乎很镇定，每次只是安静地等着。没一会儿，她的孙子就会来到学校大门口的公交站牌下找到他的奶奶。然后，那孩子就爬上她的三轮车，我熟悉那个傻到了家的孩子，他的个子有他奶奶高了，而且也是十多岁上五年级的孩子了，竟然每天还要奶奶接送。她的奶奶缓慢地骑着，每一脚都显得很吃力。虽然缓慢，但她的车子还是笔直地朝前走着。他们的三轮车像蜗牛一样在车水马龙的街道边爬行着的时候，那些步行着的孩子几乎和他们的车子并行了，有几个竟追住了他们的三轮车，有的家伙竟然用手攀着那三轮车的边沿，像是在拽，又像是在推着，反正他们就这样嘻嘻哈哈地"护送"着那辆车子，穿过十字路口，穿过一条条街道，直至消失在我眼前。

我注意地看着他们的队伍，好几次我竟发现那"护送"的队伍里竟然有我们班级的孩子，这让我大为光火。那天我在班级狠狠地教训了那几个家伙，我告诉他们这样做的危险性。没想到，在以后的日子里，我的命令不但没有得到执行，反而愈演愈烈。其中有一个矮个子的家伙竟然喧宾夺主，夺过那老人家的车子，自己骑上了车子，然后像那老人一样缓慢地骑着，穿过十字路口，穿过一条条街道。有好几次，我真想拦住那几个家伙，但是我却分明看到那老人家似乎乐呵呵地跟在他们后头，毫无一点怒气，倒是乐在其中。我想我得找那孩子的奶奶谈谈。

终于，那孩子的奶奶被我叫到学校，这是我接手这个班级一年来第一次见到这位家长，其实我很早就想找她了。她的孩子实在是太不像话了，上课时目光呆滞，如同梦游，从来不做作业，更别说上课回答问题和读书了。更要命的是，那孩子从不缴费，连一些基本的书本费都不交，我至少给他垫付过两次。

那天一大早，那老人就已经来到我的办公桌前自己坐下了。然后，她抓住了我的手。她竟然称呼我小大哥……慢慢地我听到她跟我诉说了那孩子的身世。从小，那孩子的爸爸就因为犯罪被抓坐了十多年的牢房，孩子的妈妈也因此远走了。十多年来，这个孩子就靠她捡破烂养活，虽然老人家养活了孩子，但那孩子不爱说话不爱思考如同哑巴如同傻瓜。如今他爸爸回家了，那爸爸自己生活潦倒不说，还动不动打孩子，更别说给孩子一点关爱与付出了。

听了她的诉说，我显得很无奈，本来我想开口跟她提一些费用的事的，但却怎么也开不了口。老人家对我千叮咛万嘱咐之后，丢下了一叠钱就要走开。看着那叠卷了又卷的碎票子，我竟有些震惊。更让我震惊的是老人家在离开的时候，竟然用手摸索着墙壁，摸索着楼梯扶手，慢慢地走下楼，我的脑海反反复复地闪烁过老人家浑浊的眼神。她会不会是一个盲人？我追下楼去……

游荡在城市

　　父亲骑着那辆"吱呀"作响的三轮车，载着我，载着那台我们跑了一天才买下的冰箱。城市的夜幕已经降临，但城市的大街小巷却依旧明亮，那红的、绿的灯光使人心里感到光明、暖和。我知道父亲已经很累了，可他依旧骑得很欢实。他熟练地从这条巷拐向那条巷。我如同坐在一条船上，尽情地游荡在这城市中，但我的心里知道，父亲只是来城里做豆腐的，而我则是他正在读书的儿子。

　　父亲来城里做豆腐已经有好几年了，买一台冰箱是父亲很早的愿望，因为家（豆腐店）里那台老家伙总是滴水，早已不制冷了。父亲总是说，卖剩的干子、百叶如果不放在冰箱里会坏掉的，第二天就不能卖了。但他一时半会儿也拿不出那么多钱。因为店里赚的一点钱能供我和弟弟上学就已经不错了，何况我还在上大学。今年父亲咬咬牙，决定还是买一台小点儿的。

　　就这样，我和父亲跑了一天的商场，磨了一天的嘴皮子，但所有的商场几乎都不还价。总算找到了全市最便宜的冰箱。这个矮墩墩的家伙，却花了父亲八百八十元。父亲还是挺开心的，因为商场里买一送一，送了我们一套茶具，父亲说，可以让我带回去给爷爷喝茶。商场里还说，可以免费帮我们送回去，但父亲硬是不肯。他小心翼翼地叫我帮他把冰箱搬上自己的三轮车。然后嘱咐我坐公交车回去，但我还是坚持和他一道，也好帮他扶扶，父亲答应了。

商场离我们住的郊区很远，不知不觉天已经黑得很了。我们依然在路上惬意地游荡着。

眼看穿过一条十字路口，我们就要到家了。

红灯亮了，路上的车子也多了起来。我们一边数着秒，一边聊着天。

黄灯亮了，绿灯也亮了。我以为父亲要起身了，可他却从口袋了掏出烟来，准备点上。就在这时，"嘭"的一声，原本停在身后的黑色小轿车轻轻地碰了我们的三轮车。此时，父亲已经点着烟了，回头一看没啥事就准备起身了。就在这时，那个车主从车里钻了出来，一把抓住了三轮车，硬是不让我们走，嘴里还骂道，他妈的，绿灯亮了，咋还不走？你看我的车漆都掉了。父亲慌了，一个劲儿地跟他道歉。那个人似乎听不懂父亲的话，依旧骂骂咧咧地，还说要父亲赔钱。父亲更慌了，手足无措地说道，咱乡下人，跟我搞什么呢？又不是我们撞了你。可那人根本就不听，我忙上前用普通话跟他求情。那人似乎听懂了我的话，就放了手，可是他却掏出了手机准备打电话，好像是报警。正在这个当儿，父亲连忙拉着我，一蹬就溜了。

一个苹果的 N 种存在方式
Yi ge ping guo de N zhong Cun zai fang shi

第五辑

记忆中的乡村

夕阳把你的影子拉得老长,你扛着大锹,缓缓地从田间往家走,路过我家院口,稍立——宛如插在田间的稻草人。

养儿防老

老秦到了四十五岁的时候,终于等来了自己的儿子。像一株干枯的老树发出新芽一般,老秦被岁月的刀子划满伤痕的脸上,露出一弯笑意,那浑浊的双眼流出一种浑浊的液体。

老秦似乎已经记不清自己养了多少个女儿,但老秦知道,女儿就像那会飞的小鸟,早晚是要飞出自家的窝的,所以老秦给自己的女儿取名大鸟、二鸟……老秦唯一渴求的就是儿子,只有养个儿子才能防老,儿子才是自己的命啊,老秦经常这样想。

年初,老秦掏出一把票子,和老婆商量了一宿,决定请戏班来家门口唱大戏。

戏台搭在自家门前的空场上,戏台子很高,戏班子也好。一连唱了三天大戏,这倒是次要,唱大戏的时候,要请出"老祖宗"(塑像)。对着老祖宗烧三天香,再请全村人吃一顿。这样老祖宗就会保佑他,来年准会生儿子的。村里凡是想生儿子的都是这样做的,去年王石头这样做,二胎一准就抱了个大白胖小子。连续生了四个丫头的李木匠也是这样做的,今年一准就生了个"带把的",乐得他请来电影队,放了三场电影。老秦早就想这样做,但家里一直抽不出钱来,小点的丫头还要上学,大点的丫头虽说跟了人,但都没遇到好人家,没捞到几个钱。多亏了四鸟寻了个好婆家,还有五鸟、六鸟外出打工给他挣了不少钱。

这戏唱得可真灵验,来年果真是"请"来了儿子。

儿子出生后刚满月,老秦又请来了电影队,连放了三场电影。喜得老秦几天几夜都睡不着觉,心里默默念道:终于有个儿子防老了。

半辈子没养过儿子的老秦,竟不知道怎么养儿子。

小的时候,儿子整天偎在他娘怀里喝奶,一边喝,一边就撒尿拉屎,乐得老秦笑着合不拢嘴,连声说,这小子肯定有福气,能吃能拉。

稍大一点,老秦整天让儿子骑在脖子上,到处游荡,儿子指哪,他就往哪走。玩累了,儿子就在他爹的脖子上撒尿,尿液顺着老秦的脖子一直往下流,流得满身,也弄不清是儿子在撒尿还是老秦在撒尿。

再大一点,老秦就管不住儿子了。儿子上学念书尽拿回来"老鹅蛋",打起架来却是哪个也比不过。为这,老秦没少去学校,老师说:"你家这孩子该要管教管教了,否则长大了,肯定是给公安局养了的!"老秦听了,连声说"是是是"。回到家,老秦将儿子全身摸了个遍,确认儿子没受伤后,老秦这才放心地哄儿子睡觉,倘若发现儿子哪里红了哪里青了,定时要打发老婆打蛋杀鸡的。

儿子很快就从学校回到家里,老秦没舍得让儿子出去打工,就让儿子在家待着,什么事也不让做。闲得儿子经常出去打狗,弄得村子里鸡犬不宁。有人说,老秦:"你养个儿子留着杀啊?"老秦嗫嚅道:"你晓得个屁,养个儿子防老啊!"

儿子只晓得整天出去打狗,没有狗打了,儿子就找了一帮人去偷狗。弄点钱,就和一帮人去喝酒、赌钱。

有一天,儿子浑身血淋淋地跑回了家,原来是被条疯狗咬了。老秦心疼得快疯了,带儿子又是吊水又是住院,像服侍"老子"一样服侍着儿子,老秦丝毫没有想到此时自己都是六十多岁的人了。咬了后,儿子似乎就跟条疯狗似的,更加疯狂地出去偷狗,没有狗偷,就偷羊,偷鸡,甚至偷牛……

老秦七十多岁的时候,儿子进了公安局。老秦伤心地送走了儿子,数着

日子过,盼儿子能回家来,整天嘴里不停地念叨:"养个儿子防老啊……养个儿子防老啊……"

老秦死了,儿子都没有送终。

仇老四二题之一:坐庄

大雪像罩子一样把整个窝头村给封锁了,盘在山谷的窝头村更像个白白胖胖的窝头了。

整个冬季,窝头村的人们会像青蛙躲在洞里冬眠一样,一味地只待在村子里。吃吃,喝喝,再就是赌钱,他们似乎再也找不出别的活动来。

像往年一样,年三十的晚上,总要来玩点大的。依旧是一伙人,聚在光棍老三家,推起了"牌九"。几乎整个村子的人都来了,有老的,有少的,有男的,也有女的,甚至还有几个小孩子。

来李老三家的人有削尖了脑袋要干"牌九"的,也有伸长脖子只是看的,有的时候看的人倒是比干的人更着急。仇老四向来就是看的,不是他不会干,干牌九在窝头村连三岁小孩都会。仇老四是没钱啊,家里两个孩子要负担,他若是输了钱,老婆还不剁了他的手。

瞧,轰的一声,众人齐声喝彩,庄家又被打(输)得精光,败下阵来。紧接着又换了庄家,又热闹起来了。

今晚的"点子"简直太顺了,似乎每一个下注的人都捞了一把。在一旁看着的仇老四,不知不觉开始手痒了。

"哦——"又一阵哄,又一个庄家被打了。

仇老四终于忍不住了,腰里还捏着一百块呢,干一把吧!

几把下来,一百块变成了二百多,仇老四嘴都笑歪了,抽出十块给一旁玩耍的儿子。像衔着一块骨头的小狗,那小子一下子溜得不见了影子。

不到一个钟头,仇老四赢了快五百了。

就在这时候,仇老四老婆来了,她捣了捣正在兴头上的仇老四,老四立刻明白了,抽出一张,偷偷塞给老婆。老婆婆笑嘻嘻地扭着屁股走了。

看来今晚该是庄家倒霉。庄家又被"打"了,一时竟没人敢上去推了。老四摸了摸鼓鼓的口袋,说起了俏话:"这窝头村可真是败了,竟没有人推牌九了。这大过年的太扫兴了吧!是不是都输干了?"有人反驳道:"老四,你就会说大话,你敢推吗?"一句话问得老四不敢作声。又有人不高兴了说:"老四,你怎这软弱,人家拿话压你,你都不敢抵啊?不就是没钱吗?我拿给你,你干。"说话的是吴老三。

仇老四心热了,干就干。拿着人家吴老三借给他的五百,再加上口袋里的钱,竟当起了庄家。

第一把,老四把色子掷得过猛,色子竟跑到桌底下去了,弄得众人哈哈大笑,有人在捡色子的时候,发现老四的两腿在打摆。一会儿工夫,老四收(赢)的收,打(输)的打,还算持平。

又一会儿工夫,老四似乎看到了老婆在旁边望着,以至于在配牌时有点发慌,打了好几把。还有的时候,老四似乎看到了儿子在旁边叫着,甚至看到了年迈的老妈也在叫着他的名字,一连又打了好几把。

老四定了定神,什么也不想,使劲地掷着色子。等他清醒时,堆上已经没有几块钱了,众人一起抬头看着他,像是问他,还推不推?先前借钱的吴老三,又甩过来了五百,众人又迅速抓牌、配牌。

等老四不想再干的时候,堆上的钱已经被打的精干了。老四这才明白自己连本带利都输光了。欠人家整整一千,欠谁的,吴老三,村里的大亨,专

放"锥子钱",利钱高得很,谁敢借?吴老三又是个大狠人,谁借了敢不还!

老四摸着黑回到家。

脱了鞋,洗个脚,这才发现下半身冰凉。不知怎么回事,裤子还是湿的。

睡吧,睡吧,老四就是睡不着。一年到头,和老婆在泥里抠,能余几个钱,还有两个孩子啊。这一千块钱什么时候能还啊?老婆这时已经睡得很香,她似乎在等着老四赢一大把钱回来呢。但明天一早,她肯定是要知道的。

想着想着,老四还是睡着了。

仇老四二题之二:包袱

大年初一,村里有"跑年"的习惯。年轻人都是要跑的,挨家挨户地跑,碰到年长的叫一声大伯、老爹的,口头上拜个年,然后讨支烟。这样来来往往地跑,传递着子孙们的问候,寄托着新年的祝福,好不热闹。

而昨晚输了一千块钱的仇老四,像头死猪一样把自己藏在被窝里。他甚至连早晨的开门爆竹都没有放。他老婆好像也知道了这件事情,哭丧着个脸,勉强把大门打开了,倒了点茶水,拿了些点心,放了一包烟在桌上,连早饭都没有烧。村人见这情景,也都绕着走开了,只有两个孩子趴在桌上,自顾自地喝茶吃点心,他们似乎都不知道他爸爸像猫掏一般的心情。

三天年总算过完了,吴老三似乎如期而至。吴老三像个门神一样站在他家门口的时候,老四已经两腿发软,差点栽倒在地上。没等吴老三开口,仇老四就说,三哥,我也为这个事情烦神啊,可我现在到哪弄钱去啊。等到秋后收了稻子一准还你的。秋后，你唬谁啊，谁不知道你一年光一年，我好心借钱给你，你还要赖。吴老三说得对，自己在家耕田，一年的收成也就那么点，拉扯两个孩子上学就不容易了，哪还有什么剩余？老四无言以对，耷着脑袋，恨不得钻到地底下。吴老三见榨不出什么油来，就丢下一句话，若是过完小年再拿不出钱，我可要砸你家的锅的。说完，掼了一下老四家的门，走了。

这时老婆发话了，你这无用的，你还是出去打工吧。

这句话可刺痛了老三的伤处了，这几年村里的年轻人都出去得差不多了，似乎只有老四一个人在家耕田。早几年前刚开春一天，仇老四就收拾好了包袱，准备跟人家到南方去挣点钱。

那一天，走到村口，老四就听见刚出生不久的小儿子哭个不停，就像自家田里的油菜苗，绿油油的，正冒尖呢。老四心软了，拎着包袱就一头钻进自家的小屋里。在家苦点累点，还是舍不得孩子，等孩子大了再说。

孩子真的大了，花费也大了。早几年出去的人，腰里都别得鼓鼓的回来了，回来的时候都耀武扬威，别提多风光了。老四这回可真的心动了，还是出去吧。

一开春，老四就又收拾好包袱，一口气跑出了村子。到了车站，却发现儿子和老婆追了来，送了瓶自家的老烧要老四带上。一瓶透香的自家的米酒。老四还是没有上车，这一上车，以后哪来自家的米酒喝，哪来咱土生土长的猪肉吃啊，回吧，回吧。在家再苦再累，咱过两年舒坦日子，于是一家子又赶了回来。

今年过了初三，该出去的都陆陆续续地走了。老婆的一句话，像只鞭子，生硬地打在自己身上。唉，还是出去吧。想到吴老三，可再没有别的出路了。

鸡刚叫头遍，老四就收拾好包袱动身了。天还蒙蒙亮，老四闭着眼睛就头也不回地走了。

走到村口，这才想起自己还没好好看儿子呢，儿子的圆脑袋还没好好摸摸呢。反正这回是下定决心要走了，回去好好看看儿子，以后好有个念头。

老四折返回家，没到家，就听见吴老三在他家门口破口大骂。没想到这狗日的仇老四欠老子钱就这样跑了，这缩头的乌龟，有种的别回来。老四的老婆和孩子似乎都没有还口，任由吴老三骂着。老四可受不住了，扔掉包袱拔腿就要冲上去。

在这一刹那，老四似乎觉得自己浑身轻松，好像谁也不怕了似的。

但这一回老四没有冲回家，他又折返回去，终于冲入了那繁华的都市，挣钱去了。

送瓜

知了还在不停地唱着催眠曲的时候，爹就把我推醒。

爹满头大汗地走进家门时，脚上还沾着湿湿的泥巴，手里却捧着一大瓣鲜红欲滴的西瓜。我连忙爬起来，准备扑上去。爹却一手护着瓜，一手推开我："这是你三爹给的，我在他家干活，已经吃了一瓣了，我切一半你先吃，另一半你送到北山凹去，你娘在那里锄田，那地方背着风，热得很，你快送去。"

爹一刀下去，一大瓣西瓜分成两半。爹拿起一半，瞬间啃了一口，随后将剩下的递给了我。我迫不及待地张开大口，"呼呼"——三下五除二西瓜就下了肚。

爹又去帮三爹家里干活去了，我则捧着瓜往后山赶。

一出门，才知道太阳火燎似的烤着大地，照得皮肤针刺样的痛。我记得中午吃过饭,娘和我一道午睡的,怎么我还没醒,她就一下子跑到北山凹去了呢?

北山凹真的很远,翻过一座山,再过一座小桥,还要翻过一座山。想起这,我开始有点后悔了。爹也真是的,怎么不自己去呢?但我已经吃了一半的西瓜了,爹说过,这叫上了贼船了——没得法子了。

在经过第一座山的时候,我开始有点害怕了。因为在那个山坡下,是我们村的坟地。那里杂草丛生,但依然看到座座坟茔耸立在草丛中,我记得那西边角上是我老太的坟。我家有我老太的像,我从不敢看那黑黑的眼睛,更不敢看他的坟。更让我害怕的是,深草中间有个最矮的坟,娘说那是一个死去的小孩子的。我曾经看到那小孩的坟上有个小洞,说不定他会从里头爬出来……

我不敢看了,扭头就跑,在冲下山坡的时候,我已经跌倒在地上了。等我爬起来时,竟发现西瓜不在手上了。我赶忙去找,幸好在王麻子家的山芋田里给找到了。我还骂一句:这个王麻子,真是个好吃包。可我把西瓜捡起来的时候,却发现那西瓜就像王麻子的脸似的,沾满了一粒粒的泥土。我有点着急了,可是我忽然想起了爹曾经将一块掉在地上的沾满泥的肥肉捡起来后,然后用舌头舔啊舔,最后就舔到肚子里去了。于是,我伸长舌头,像爹那样舔啊舔啊,可是开始舔的时候,全是苦的,苦得我直吐口水。后来舔着舔着,就是甜的了,甜的我直咽口水。终于,这瓣西瓜又变得干干净净了。可是感觉这瓣西瓜好像变小了。不管了,太阳躲进云层了,我赶紧向后山跑去。

在爬第二座山坡的时候,我累得直喘粗气,汗流浃背地蹲在地上想歇息一会儿。这时,我忽然想起了,娘曾经告诉过我,这里的山坡下有个叫"龙眼"的地方,那里有清澈的泉水,娘曾经带我去喝过,甜丝丝的。我赶忙跑过去,翻开荆棘,可是还是有些小刺刺得我直蹦。"龙眼"终于找到了,却没有发现一滴水,龙眼就像爷爷的眼睛似的,看似水汪汪,实际却干巴巴的,没有一滴水。我失望地蹲在地上。

太阳依旧火火地烧着,晒得我头上直冒油,手中的西瓜也被晒得直流

水,直流到我的手上,我舔了一下手,凉爽爽的,甜丝丝的。顺着,我又舔了一下瓜。索性,我就吃它一口,就像爹那样吃一小口。"呼——呼——"我连吃了两口。真甜啊!我咕噜噜地咽着口水,索性,再吃两口,又两口、三口……

在北山凹的一棵大板栗树下,我找到了娘。那里确实不透风,闷闷的。娘低着头只顾着干活,衬衫都热湿了。她没看到我,我把那剩下的西瓜藏在身后,喊了一声娘。娘看到了,一把摸着我的头:"哟!瞧我娃热的,你跑来干啥?"我胆怯地望着娘说:"我……是来送西瓜的。"娘笑了:"我娃真乖,你自己吃,我不热的,你吃。"

我小声地"哦"了一声,就说:"那我就吃了。"于是,背过身"呼——呼——"地啃起了西瓜皮,西瓜皮并不甜,而是咸的,上面沾着我的泪水。

秋天的故事

这个秋天艳阳高照,出奇的亮堂。

俺丈人累弯了腰,流干了汗,收了快两万斤谷子。谷子没晒一个亮堂天,就囫囵一下子送进了粮站,七十多块钱一百斤呢。为啥,俺丈人有本事呗,他的熟人多着呢。粮站主任跟俺丈人是干亲家,铁。他是第一个拿到粮款的,拿着一沓新票子,笑嘻嘻地叫我去存了,说等添孙子的时候用。

俺丈母收完了地里的花生,满满地码着一屋子。收花生的人刚一进村,俺丈人就迫不及待地吆喝我扛着花生上磅。一抹秤,两千多斤。今年的花生价格高,一起码就卖到了两块五。俺丈人从那人手里接过一沓新票子时,那人还嘀咕着说贵了,挑剔着说花生的毛病。俺丈人狠狠地说,你不要有人要!

花生并没有卖完,俺丈母还留下了几袋子,说要剥成米子,家里炒着吃,还要送人。喝满月酒时是离不开花生米的。俺丈母就是这样闲不住。

这不,她又开始扯了几尺纱布,精心地准备小孩子的尿布了。俺小舅子的小孩还有一个月要出生了。他真的挺有本事的,去年就直接带着人家姑娘回家了,娶媳妇家里没花一个子儿。这几年,他总是不在家,据说是在外面跟赌,反正就是帮人家看场子的那种。他媳妇一直跟在他后面,直到肚子大了的时候,才回家住了。俺丈母早就盼着了。

快到月了,快到月了,俺丈母总是这样说着。

俺丈母是很会服侍人的,每天端上端下地为媳妇准备汤啊、蛋啊什么的。她乐此不疲。

一天,俺的小舅子回来了,开着黑色的桑塔纳,那车也不知从哪儿来的,反正我知道肯定不是他的。车子一停在门口,就从车里钻出一伙人,身上全都雕龙画凤的。俺小舅子回家时什么也没说,只是拿了俺丈人那两万块的存折,说是要放贷,利钱大得很,放两万准能收回四万。俺丈人没说什么,只是嘴里抿着酒说,你媳妇快到月了,记着回家来。俺小舅子头也没回地走了。

秋风刮来的时候,凉爽宜人。

俺丈母使劲地绕草,绕成旱垛儿,堆成个山似的。俺丈人又到山上耙来了一车松毛,松毛作柴是最好烧的。俺丈母说,这些都是孩子喝满月酒时要用的。

媳妇快到月了,还是闲不住。那天,俺丈人去大队开会了,说是迎接十七大。俺丈母去村上收鸡蛋了。媳妇竟一个人溜出去了,晚上才回来。俺丈母急死了。媳妇说,她去镇上给孩子织毛衣去了。俺丈母就没说什么了,俺丈人在一旁哼哼地笑,他知道媳妇是出去打麻将了,打了一天。

俺小舅子的孩子出世前的第三天,俺丈人打了我的电话,说要叫我去联系个车子,随时待命,好送媳妇去医院。我当然照办,这个只要电话联系一

下并不难。

秋风渐渐刮着的时候，稍微感觉到一些凉意了。

去医院的前一天，俺和丈人在院子里喝酒。俺丈人一边笑着说媳妇肚里的孩子，一边愤怒地说，他娘的，稻又涨价了，竟涨到了八十一百斤，那两万斤稻子少卖了不少钱呢。俺丈母在一旁也是充满愤怒地唾沫四溅地说，那个收花生的"黑老鬼"真黑，两块五收了我的花生还嫌贵，现在花生竟卖到了三块。只有媳妇依旧一脸笑意，因为她接连的几场麻将都赢了。

就在那天半夜，媳妇肚子下红了，送到医院没一会儿就生了，是个小子。丈人丈母笑得合不拢嘴。

打电话给俺小舅子的时候，竟找不着他人，一问，才知小舅子和那一帮人被公安局收了。

俺丈人算是明白了，怪不得那天开会时，说是要迎接十七大，大力抓稳定呢。

等他急着要去交住院费的时候，才想起那两万块的存折已不在家里了。

孩子三岁时，俺小舅子还没有回家来。

一个人的酒席

夕阳把你的影子拉得老长，你扛着大锹，缓缓地从田间往家走，路过我家院口，稍立——宛如插在田间的稻草人。

远远地你瞥见我,我当时已经在自家院子里摆着桌子,独自喝着酒。我并不只是埋头喝酒,远远的我就瞅着了你。我扬起脖子高声朝你喊道,来喝酒啊,回去也是喝啊!

　　听我说这话时,你的一只脚已经跨走了,我又朝你喊了一遍,你索性扭头进了我的院子。你将大锹靠在门后,我已经进屋端了一把椅子,稳稳地放在桌边,一个盛酒的小瓷盏已经放在桌子的对面。你顺着坐下,咕噜咕噜,瓷盏快倒满了,清清淡淡的酒在碗中打圈。你这才发现,我的桌上只摆着一个菜盘,那是一碗腌辣椒片拌臭干子,旁边散放着一把花生米,粒粒可数,仅此而已。喝酒的人都会说,怪酒不怪菜的,你便没说什么,我也没说什么。因为,我一直是一个人过活着,一个人扒里又扒外。好在我做的田地不多,每天一大早就出去忙活,早早地忙清楚了外面的活,就回到家里,独自在院中喝点小酒,我就这样一个人一辈子没娶女人,全靠这点苦酒陪着。可你总觉得,这酒进了我的口中一定是既不苦也不辣的。我看着你喝了一口又一口。我也端着小盏子,闭着眼睛,轻轻地呷上一口,再哈一口酒气,满脸幸福地放下小盏子,拿起筷子去夹菜。

　　我俩正没长没短地聊着,没深没浅地喝着,辣椒臭干没有减少,花生米倒是快没有了。我突然像发现了宝贝似的抬起头,又朝门口靠喊道,来喝酒啊,回去也是喝啊!你扭头一看,原来队长王麻子路过院口,他身子已经走过一半了,我又喊了一声。王麻子索性扭头进了屋。王麻子满手的泥,满身的灰,他进屋打了水,捞了一把,又潮了一把脸。再自个儿端了条板凳坐下了。此时,桌上多了一把花生米,又多了一盘萝卜干。王麻子嚼着花生米,嘎吱嘎吱,再加上他的大嗓门,几乎全村的人都知道有人在我家喝酒呢,而且还是不少人呢,连队长王麻子都去了。我左一口又一口地喝着,眼睛几乎眯成了一条线。

　　这动静果然又引来了人,张二狗一手似乎拎着什么,侧着身子,朝院子窥探着,这情形,也被我抓个正着,一把给拉了进来。原来张二狗拎着从村头斩来的烤鸭,他二话没说,烤鸭装进了盘子,自个儿一屁股坐在了那方桌

缺着的一面。四人围着桌子，不知不觉地一瓶酒就已经差不多结束了。等你们再开一瓶酒时，院子里已经坐着八九个人了。满院的话语，满院的酒气。爽朗的笑声在院中荡漾，飘香的酒气漫溢整个村庄。

后来我把你们都喝倒了，没有一个是我的对手，一个个都醉趴了，跟死狗似的。哈哈……

等我醒来的时候，我才发现我竟躺在医院里挂水。我不相信，我竟然也喝多了。我想我年轻的时候，一块豆腐干，就可以一个人抱着瓶子吹呢。我想我真是老了。但你还是安慰我说，李伯是酒神啊，想当年是一个人喝倒了一个队的人啊！

我真的是酒神吗？可是你将我从医院里领回家时，我分明听到穿白大褂的跟你嘀咕——像这样的老人可不能一个人喝那么多酒了，酒喝多了尽说胡话，明明是一个人喝多了，非说自己喝倒了一桌人。

我跟着你暗暗往回赶，我想那穿白大褂的说得差不多是对的，多少年来，我的小屋里就只是我一个人面朝大门独自喝酒。

酒醉心明

老王爱喝酒，因此每喝必醉。但用老王自己的话说，别看我喝了不少，但我酒醉心明呢。所以，即使是喝得再多，老王都要骑车回家，而且谁也拦不住。

这不，老王今晚又是喝了不少。酒席散了，老王也喝得差不多了，踉踉跄跄地准备去推靠在墙边的自行车。朋友拦住他说，你连路都走不直了，还能骑车吗？老王大手一挥说，没……没……没的事啊，我这车都骑了几十年了，你见我……出过事吗？你别看我喝多了，我啊，酒醉心明呢。朋友一想也是，老王虽是喝多了，但这话说得对，这么多年，老王不都是"酒后驾车"的吗？没等朋友再去拦，老王的车子已如蛇游一般地上路了。朋友们呵呵地笑了，目送老王消失在黑夜中。

还真不是吹的，不到一个钟头，老王骑着车就到了村口，远远地见家中已没有了灯火。老王想，这时老婆肯定已经睡了，这样也好，省得又要挨老婆一顿骂。

老王之所以一路上一点事都没有，就是怕跌倒了，老婆骂他个狗血喷头，再让他这个老酒鬼戒酒可就惨了。老王这样想着，就准备骑车进自家院子。就在这时，老王突然愣住了，呆呆地望着自家门口的树。原来自家门口只有一棵树的，怎么现在成了两棵树了。莫非是自己走错了门，不对啊，这院墙可真是自家的啊。难道今晚真的喝多了，不可能啊，我一向是酒醉心明啊。老王转念一想，哦，这个问题还不好解决吗？不就是两棵树，从中间过去就是了。真是糊涂了，不管了，说不定是老婆今天补栽了一棵呢？老王这样想着，"噌"地使劲用完最后的一点力气，准备从两棵树之间的空隙溜过去。"嘭"的一声，老王的车竟撞在了一棵大树上，跌了个仰八叉。看来老王真的是喝醉了，眼花了，一棵树竟看成了两棵树。

等老王爬起来时，酒兴已经下去了一半，他拍拍身上的灰，准备去找车子，这时竟感觉屁股底下有些许疼痛，一摸，不妙。原来屁股被瓦片给磕破了，已经流出血来了。老王悻悻地把车推进门，一边自言自语道，一世英名，竟被一块瓦片给毁了。幸好是屁股磕破了，要是头被磕破了，可就丢人了。

老王又想，无论如何，不能让老婆知道，于是翻箱倒柜，找了几张创可贴。准备贴上去，但一转身，怎么也贴不到后面的屁股上去，只能原地打转。此时，老婆已熟睡，老王可不想将她扰醒，那不是自找苦吃吗？只好对着镜

子艰难地将几块创可贴贴在了屁股上。这样,老王累得筋疲力尽,自认为神不知鬼不觉,便呼呼地大睡了。

一觉睡到大天亮,迷迷糊糊中就听老婆叫道,老王,老王,奇了怪了,你看,你看,昨晚谁将创可贴贴到我们家镜子上去了。

儿孙满堂

清晨第一缕阳光透过那巴掌大的窗口射进了她的房间,她依稀看到有一股灰尘样的东西,在那一束阳光照耀的地方飞舞、欢跳。于是,她知道她还活着。她整宿整宿地睡不着,她整宿整宿地想啊想啊……

儿子出生的时候,大雪纷飞,整个村庄都断了粮。当听到一声啼哭的时候,她也几近昏厥过去了。迷糊中她听到有人说,要她把孩子丢了。她一跳爬起来,死死地抱着孩子不放。那些冰封的寒冷冬日里,她用尽最后一滴奶水,但仍止不住孩子的哭声。那样冰冻三尺的天气,孩子的爹硬是钻开冰窟去摸鱼,好让她吃了生奶水。想着想着,一股滚烫的液体从她身下流出,迅速浸染了床单。她却欣喜了,她知道她还活着,因为她还能感觉这仅存的温暖。然而不久,热气就散尽了,依旧是阵阵寒气,麻木着整个身体。随即会有阵阵的臊味蔓延整个屋子。然而她却什么味儿也感觉不到。

终于,阳光竖立着的时候,门"吱扭"一声开了。一声脚步,一个碗,"啪"的一声放在了桌上,紧跟着就是咣当的关门声。那矮小的房门又紧紧地关闭了。她很想看看门外的一切,特别是那个可爱的重孙子,要不是还想着那重孙子,上个月,她就会将那半瓶农药一口气喝干,那样就是儿子再努力也救不过来了。她艰难地将自己瘦弱的身体撑了起来,摆在桌上的仅仅是一碗稀饭。她无力地端起来,喝了两口,"啪"的一声,稀饭连同碗一齐落在地上。四散开,花一样的形状。对,是刺槐花。在那个艰难的岁月,儿子伸长脖子要吃的,蜡黄蜡黄的脸,只剩下皮包骨头,是刺槐花救了儿子。而自己则饿得肚子胀大,鼓鼓地肿着,浑身无力。儿子长大了算是有点孝心,一连给自己养了三个孙子。

如今,儿孙满堂,她应该是要高兴的。然而,她终究没有福气。她记不得那天她到底是多大了,七十大寿没做过,八十大寿也没做过,那大概她是九十多了吧。

想起前些天洗衣服的事情,那本不应她自己去洗的,但这么多年没有出过事情,她还是坚持自己去池塘边洗衣服。没走到塘边,她已经歪倒在路边了。伴随着一声骨头断裂的声音,她就再没有站起来过。儿子不会不管她的,儿子叫来村里的赤脚医生,使劲地给她吊水。疼痛渐渐减轻了,但她的那只腿却再也无法感觉到疼痛了。从这以后,儿子就怕有人打扰她,单独将她放在厨房的一个角落里。儿子还是比较孝顺的,每天送来三餐。只怪自己老了,太不讲卫生,满屋的腥臊,儿子一分钟都不想多停留。其他的人更不想进来和她说一句话。

夕阳将最后一缕余晖洒进这个小屋的时候,她再一次摸到了药水瓶。空的,她继续摸,她跌下了床,打开了房门。儿孙们说的说,笑的笑,没有人注意到她的这么大的动静。几条小狗一下子窜里进来,围着她,嗅了嗅。有一只狗舔尽了撒落一地的稀饭。不一会儿,那条狗口吐白沫,死在墙角。

记忆中的乡村
第五辑

印象·老黄

　　地点在广西阳朔西街,时间是一个炎热的夏季的午后。我们在经历了漂流漓江、穿越"图腾古道"、游览"十里画廊"之后,大队人马开始在西街整顿。晚上,我们要去观赏鼎鼎有名的山水实景大戏——《印象·刘三姐》。

　　老实说,对于这次旅行,我们还是颇有印象的。对于我们这些整天坐办公室的人来说,第一次来到那么远的南方,第一次坐飞机,第一次玩漂流……着实让我们兴奋了一把。这不,来到这个有着"洋人街"之称的迷人小镇,面对着那宁静之中的别样的繁华,感觉十分不可思议。导游把我们从车子里放出来,约定好了时间,然后大伙儿就三三两两地四散而去,很快所有人就都淹没在人潮之中。有人去光顾小吃了,有人去看4D电影,有人在购些零碎物件,有人就是在街道上瞎转悠,还有人去干什么,我们谁也不太清楚。

　　不承想,忽然间,天空中一阵闪电,接着是几声闷雷,随后一场大暴雨从天而降。那倾盆大雨仿佛从山顶上泼洒而来,霎时间,街道上的人都抱着头弯着腰急匆匆地做逃走状。我们一道的几个人也赶紧找了个屋檐躲下来。

　　雨不停地下着,从屋檐下那雨帘里我们往外看,繁华的街道渐渐地安静下来,许多人都在静静地等待着,有的商家停止了经营,有的人干脆冒雨前行。看着看着,我竟然忘记了自己是在旅游,看着看着,我竟然觉得有点想家了。幸好一旁有人提醒了我一下——约定集合的时间要到了,干脆我们也冒雨赶去吧。于是我们顶着大雨往集合地赶。等我们到的时候,已经有很多人也都赶了回来,有的人干脆买了雨伞,不过还是我们的"大老板"(领导)聪明,他依旧是那么淡定,他轻松地随手招了辆的士,然后慢悠悠地赶来。下车时,"大老板"还关切地问,要是有人还没有到,可以"打的"去接他。我们每个人都摇了摇头说没有,几乎都佩服起了领导的淡定和睿智,我们这些傻瓜为什么甘愿淋雨也没想到去打的呢?领导就是领导!

想着要去看那刘三姐了,我们都迫不及待地往大巴里挤。照例是点名,一点名竟然发现少了一个人。少了老黄。

老黄是谁?即使我这个来单位已经快三年的人了,也无法说出一个具体的对于老黄的印象。只记得老黄平日里很少来单位上班,但也不是不来,有点神出鬼没。偶尔地你能看到他慢悠悠地走进办公室,永远地低着头,永远地捏着手机,永远你不知道他什么时候已经离开了办公室。老黄就是这样一个十分低调的人,但是人们却很少知道老黄早已腰缠万贯。老黄很会投资,据说他在炒股炒房上已经赚了不少,就是眼下手里头还捏着几套房产。看来老王真的不简单!

就是这样不简单的老黄着实可把我们好好地捉弄了一把。

不见了老黄,"大老板"不慌不忙地说,等等吧,谁知道老黄的手机号码打个电话催催他。这一问可问出了问题,全车人竟然没有一个人知道老黄的手机号码,就连我们几个和老黄一个办公室的人也说不上来。幸好,主任带着全体人员的通讯录,赶忙翻查,一打,竟然不通。

有人似乎隐约感觉到了什么——果然,我们焦急地等了半个小时,一个小时,仍不见老黄的影子。有人开始查找老黄爱人的电话,有人开始通过各种关系查找老黄儿子的号码,可惜都没能如愿。大伙儿这回全都怔住了,原来老黄是这样一个不简单的人。有人说,刚才我明明看到老黄跟在我后头的,怎么一转眼就不见了,有人说,这回老黄可要栽了,如果他进了那些不正规场所,恐怕是再也出不来了,要是老黄迷了路,他该怎么回家啊?

"大老板"急了,咱们到街上找去!于是一车人沿街用目光搜索,用手作喇叭筒呼喊,期待老黄能够出现。但是所有的努力都没有换来回报。

后来,我们干脆放弃了对老黄的寻找。我们总不能因为老黄一个人而影响那么多人和刘三姐的相会。

等我们到了观看演出的检票口时,赫然发现人群中,老黄一个人站在那里焦急地期盼着我们。几乎所有人都一齐呼喊着扑向老黄。

我把一个孩子弄丢了

我们都在找一个孩子。一个从课堂上跑出去的孩子。

事情是这样的,事发的那天早晨,作为毕业班语文教师的我正在我那熟悉的三尺讲台上为孩子们讲课。当时我正口水四溅地向孩子们讲《草船借箭》,我那瞪得大大的眼睛忽然瞟到了教室的一角:咱们班级里一贯最不听话的那个孩子低着头在桌肚子里找什么东西,那样子完全不把老师放在眼里,也根本不把"诸葛亮"老先生放在眼里。我生气极了,可惜,当时我的口水都快四溅得差不多了,要不然我一定会用我的口水将他淹死的。于是我就一边说着诸葛亮的神机妙算,一边自己也神机妙算起来。只见我轻轻地踱到了他的身后,然后高高举起那印有"草船借箭"图画的书。最后"啪"的一声,那书重重地打在了孩子的头上。

自认为神机妙算的我,以为那个孩子一定会被我的惩罚所吓倒,没想到,他竟一下子逃出了教室。

我更生气了,就像曹操一样,我恨不得要用那十万支箭,一齐射向他。但为了让全班同学知道诸葛亮是如何顺风顺水逃走的,我就没管那么多了。逃就逃吧。

起初,我以为孩子会逃回家,反正逃得了和尚逃不了庙。下午,我正想去他家找他算账,他的爷爷却已经赶到了学校,问我孩子为什么没有回家吃饭。

我蒙了。虽然他的爷爷没说要我去找孩子,但我却已经意识到这件事的严重性。

我和几个任课老师找了一个下午都不见人影。晚上,我更急了,但依然一无所获。而到了天黑时,他的爸爸打来电话了,说向我要孩子——孩子是从课堂上丢掉的。那晚我们找到大半夜,寻遍了乡里的每一个角落,但就是没有着落。难道他真的插翅飞了,那晚我们几乎没有入睡。

第二天,我们全校出动,展开了一场大搜寻,甚至还调动了警察。

解铃还须系铃人。在离学校有五六公里的一条大河边,我终于找到了孩子。如一只饿极了的狼,我急速地扑向他,准备来一个"恶狗扑食"。可那孩子见我来了,连忙往后退,似乎就要倒入河中了,那可是一条水流湍急的河啊。

我在离他约有二十米的地方停了下来,与他展开了一场谈判:

师:你为什么要离开课堂?

生:我不喜欢听你上课。

师:为什么?

生:你讲的诸葛亮和我认识的不一样,而我想说我喜欢周瑜,可我根本没有插嘴的机会。即使说了,你肯定也会骂我的。

师:但为了周瑜,你总要认真听讲吧!

生:我是在认真听,我正在找一本《三国志》的书,我要去找我喜欢的周瑜。我不想听你吹那神机妙算的诸葛亮。

记忆中的乡村
第五辑

师:可你为什么这么长时间不回家呢?

生:我一回家,爷爷就不让我看那些"闲书",还会像你一样打我的。

师:好了,跟我回去吧,我以后再也不会打你了,只要你以后好好学习。

生:像我这样只看闲书的人,成绩再也搞不上来的。

…………

师:没关系,只要你努力就行了,考不好试也没有关系。

生:可那样,爷爷又要打我的。

我们的谈判还没有结束,他的爷爷已经拿着一根竹条赶来了。他吓得往后一退,落入水中。

后来,他并没有沉入水中,但从那以后他就再也没有进入课堂了。

我就是这样把这个孩子丢了的。

 第六辑

总也抹不去的感动

适当的时候,放松一下心情,也可以弯下腰,静心地去倾听生活,你一定会发现生活中许许多多的美好的东西。

懂得倾听，享受生活

　　节日的商场里人声鼎沸，我牵着五岁的儿子的手在商场里闲逛，逛得满腿的酸痛，逛得满耳朵的嘈杂，逛得满心的烦躁。我急急地拉着儿子从电梯下楼，想快点逃离这个折磨人的地方。而五岁的儿子却一点都不理解我的心情，就像我不理解他的心情一样。他的一只小手勉强地被我的大手紧握着，稍不留神，似乎就要从我手中逃脱，然后自个儿去撒欢去。他的另一只小手惬意地搭在电梯的扶手上，扶手的滚带徐徐往下滑动，他的手在那上面拍着，弹着，跳着欢快的舞蹈。

　　忽然儿子说话了：爸爸，你的手机响了。纵使商场里的嘈杂声再大，我的眼里耳朵里还是时刻提防着活蹦乱跳的儿子。手机响了？我的手机就在我的上衣口袋里，我怎么可能不知道呢？我半信半疑。儿子摇了摇我的手，又说了一遍。我这才懒洋洋地掏出手机来。果真是有人打我的手机，拿在手里的手机还边叫边跳，我赶忙接通了。

　　接完电话后，我不禁心疼和佩服起我的年幼的儿子，小小的年纪竟然那么管事。可我又纳闷起来了。在如此吵闹的环境里，我的手机响了，为什么我丝毫没有察觉呢？

　　细细想后，觉得原因有两个。一是，我当时的心里比较烦躁，以至于我忽视了周围的情况。在生活中，我们总是过多地沉醉于自我的心境中。我很烦,我太开心了,我很忧伤,我气得吐血……当一个人的心灵被自我的强烈情绪占有时,哪里还有心情对待周围的事物,自然地就会对外在产生了冷漠,以至于对外在的感受变得麻木了。倘若我们能以小儿子的轻松和坦然来面对周围的一切,我们就能自然地平静地感受到生活的快乐和自在,这样总不至于失去太多。

还有一个非常重要的原因,我的儿子个头还不高。我们并排地站立着,他的耳朵正好挨着我的上衣口袋,所以在第一时间他感知到了从我口袋里发出的声音。我这样一说你或许已经开始会心地一笑了,是啊,这有什么稀奇呢?

可是往往就是如此,我们错过了对很多声音的倾听,何止是微不足道的手机响声呢?作为父母,你能倾听到孩子心里的声音吗?作为老师,你能倾听到学生心里的声音吗?作为医生,作为领导……这样想来,是不是觉得有点可怕。因为那些我们引以为豪的高度,却使我们失去了那么多。

适当的时候,放松一下心情,也可以弯下腰,静心地去倾听生活,你一定会发现生活中许许多多的美好的东西。

邂逅一场蓝天的梦

偶然地一次,我要把几本书带到上班的地方去。用手捧着肯定不行,因为要骑车子。用塑料袋子装着,我觉得是对那几本书的不尊重。于是我就

在家里四处搜索,恰好找到了一只红色的手提袋。

起初我以为它不过是一只普通的手提袋子罢了。没留心去看它的外观,把那几本书横放了进去后,往车龙头上一挂就走了。

到了上班的地方,我随手就把它挂在了我的椅子的旁边。于是它就在那儿静静地待着了。

直到我快干完了当天的任务准备拿出我那几书来消化的时候,我才注意到这只红色的手提袋——它的确是红的,但不是那种娇艳的鲜红,也不是淡淡的绯红,而是一种浓重的粉红。红得很柔和,让人想起了春天和夏天交接时候的热烈的温暖。

再看正面才知道原来是一家银行的标志,这让我对它的来历更加感到蹊跷。而袋子的反面是最吸引我的——上面是一幅小学生的手绘作品,因为图画下有标志:参赛编号、姓名、学校等。

当我仔细地观察这幅绘画作品的时候,才注意到这幅作品与眼下的季节是多么贴近啊!一片郁郁葱葱的树林里,棵棵小树枝繁叶茂,亭亭玉立。而林间到处是欢悦的小鸟儿,有红色的鸟,红色的也不只是一种,有的粉红,有的深红,有的淡红,更有一只蓝色的鸟,好像有一只还是紫色的……这些活蹦乱跳的鸟儿在林间自由地穿梭着。它们有的展翅飞翔,有的引吭高歌,有的在草地上低头寻思着,有的好像在交头接耳、互相倾诉的样子……哦!真令人羡慕不已啊。

我想这幅画的作者可能没有去过有这么多鸟儿歌唱的山林,但是他的心里该有多么美好的憧憬啊!他和那些鸟儿一样,向往蓝天,向往自由,这一定是个有梦的孩子!我庆幸没有错过和这个心怀美好憧憬的孩子一起分享他的梦。其实在平淡的生活中,只要你拥有细腻的心,你也一定会邂逅生活更多的蓝天一样的梦想。

从那天开始,我喜欢上了这只红色的手提袋。我也喜欢上了去发现和分享那些隐藏在生活细节里的美好梦想。

最亮的蜡烛

男孩十年寒窗,大学毕业后,踌躇满志地来到了一所学校当老师。当一个名师是男孩一直以来的理想,因此他对待工作特别敬业。平日里只要一有时间,就钻进书本里;每次上课前,男孩都不会忘了去钻研教材教法;上课时,他也总是竭尽全力地去展示自己的才华。

整整三年,男孩兢兢业业。可是,每到期末,他所带的班级总是考不出好成绩,甚至被别的班级拉出很大的距离。相比于学校里那些学历比他低,又没有经过正规学校学习过的教师们,男孩深感惭愧,却又疑惑重重。

男孩开始有意识地去观察其他老师们的课堂。渐渐地他发现:学校里的老师们论水平,没有一个是超过他的,有的老师上课还时不时读错字,讲错了知识点;在课堂上,也没有一个老师的课讲得有他那么深、那么透……最终,男孩得出了唯一一个可以让自己接受的结论:原来自己的班级的学生原本就比别的班级孩子差,所以即使他再努力也无济于事。

男孩开始愤愤不平。在课堂上,他开始喜欢发火了;面对学生的错误,他开始一次又一次地对学生进行惩罚;他在心里总是抱怨这个笨那个蠢,他甚至已经放弃了好几个学生,对他们再也不管不问。

越是这样,学生的成绩就越差。在疲劳和厌倦之后,男孩的心里产生了放弃当初理想的念头。男孩想,或许自己当初的想法是不对的,其实他根本

就不适合当老师。还是不要再误人子弟吧！他深深感叹。于是在这个学期将要结束的一个晚上，他来到了老校长家里。

老校长问他，是不是觉得当老师的工资低了才打退堂鼓的，男孩摇头。老校长又问，是不是你有了更适合自己的工作，男孩还是摇头……男孩垂头丧气地把自己的想法告诉了老校长。

听了他的话，老校长若有所悟。只见他从家里拿出三根蜡烛，一齐点着，并列地排在桌子面上。接着，老校长问他，此时面前并排的三根蜡烛，你觉得哪一个最亮。男孩凝视着这三根大小相同的蜡烛，左思右想，总也做不了决定。一会儿他盯着左边的一根，觉得最亮。一会儿看看中间的，又觉得这根最亮。此时，老校长又命令男孩将三根蜡烛中的一根拿在手中。然后接着问道，你觉得此刻的三根蜡烛中哪个最亮呢？男孩手端着那根正忽闪忽闪地烧着的蜡烛，那微弱的光亮照得男孩的脸发红……男孩果断地说道，我手上的这根最亮。

老校长微微一笑，语重心长地对男孩说：其实这三根点着的蜡烛大小相同，亮光都是一样的，只不过此刻你只注意手中的这根了。你想想，我们的每一个孩子不都是一根根正在燃烧的小小火苗吗？它的亮度还是取决于你自己的内心啊，如果你投入更多的关注和爱，它就会成为最亮的蜡烛。

男孩长叹一口气，静静地回到自己的办公室，带着老校长的嘱托和厚望，勤恳付出，用心去关爱学生。三年后，他成了学校的名师。当有人问他，为何他班上学生的成绩提高如此之快，是否有什么诀窍时，他微笑着说："其实，人生最美的风景，不是在遥远的远方，而就在自己的身边，哪怕身边是荒芜的一片，但只要用心付出和心生慈念，荒芜也会绿意盎然，因为，爱由心而生，生命因心灵的坚守和欢喜而丰盈！"

坦诚的生活更敞亮

一次,陪妻子去街上买水果。水果摊上琳琅满目,个个筐子里水果码得满满实实,看样子摊主新进了不少货。

妻子特别喜欢新鲜的水果。这不,今天摊主好像头一次进了不少龙眼,一下子就吸引了妻子的眼球。于是她连忙跑到装龙眼的那筐跟前,翻翻拣拣,准备就要上秤了。这时摊主慌忙跑上前去,拿下那袋龙眼,重又倒回筐子里。妻子一抬头,表示诧异。摊主忙跟我们解释道,这批进来的龙眼时间都比较长了,味道不太好,我建议你还是少买点。

哦,原来如此,我们若有所悟,连忙放下,打消了买龙眼的念头。是啊,摊主说不好,那还会错?听了摊主的这几句话,我们顿时对她肃然起敬。没想到,一个卖水果的妇女做生意竟然如此诚信。还是家门口的人好。想起那天我在县城车站,慌慌忙忙上车前买了点水果,被那奸商扣了秤不说,买回的橘子里还有不少是烂的。

一番感慨后,我们便继续挑水果了。出于对摊主的敬意和信任,我们便放开了手脚,一口气挑了好多各样的水果。摊主也好说话,见我们买了不少,还送我们一两个橘子。哎,这年头,还有这样做生意的。我们一边感叹着一边回家去了。

回家的路上,我就在想,现在好多商家做生意不惜一切挖空心思去招揽顾客,可是真正把顾客招来了,他们又去挖空心思去欺骗坑害顾客。谁会想过对送上门的顾客说,不,不行,我的东西不好,不卖给你!

从另一个角度看,其实这样拒绝的效果更加奇妙。我的妻子是一名营销员,她也时常告诉我,在推销自己商品的时候,有时也要把自己商品的缺点告诉别人,一味地"老王卖瓜,自卖自夸"是得不到别人的信任的。

其实,我们为人处世又何尝不是如此呢? 有的人爱自吹自擂,生怕别人不知道自己的能耐,而对于自己的不足或缺点只字不提。如果我们每一个人都能够以这样坦诚的心对待身边的人和事,那么我们的生活也一定会非常敞亮的。

废物当礼物

你会将别人准备扔掉的东西作为礼物送给另外一个人吗?

有人会!

有一位在《非诚勿扰》节目中亮相的外籍男嘉宾安东尼就这样做了。他出场的时候就手提一个绒毛玩具——"毛毛虫"。

主持人问他为何挑选这个礼物的时候,他用不太流利的中文很淡定地回答,这个东西,我的朋友说不要了,我看到了,就说给我当礼物送给别人吧! 台下观众一阵哄笑。他接着又补充道,这个"毛毛虫"是有点破了,我缝过了,这个东西以前是我朋友的女朋友送给他的,现在他不要了。他又一次大言不惭地说是别人不要了,他才拿来了。台下观众再一次发笑。连主持人都说,你还说,越说越不能听了。

听了主持人的解围,那个安东尼嘴上说,真不好意思,可是脸上却没有丝毫不好意思的感觉。

我想:是安东尼买不起一个小小的礼物吗? 还是他没有时间去准备一个像样的礼物? 恐怕都不是。倒是安东尼自己自圆其说道,我之所以选择这个"毛毛虫",我是希望每一个女孩子都由毛毛虫变成蝴蝶,翩翩起舞的蝴蝶。——好一个化茧成蝶,这回在场的所有人都会心地笑了,包括电视机前的我。

我觉得这个可爱的安东尼着实给我上了一课。

我们的生活中见过太多的送礼的场景,也见过形形色色的礼品。可是又有几个人有勇气将别人要扔掉的东西拿去送人?

别人想要扔掉的东西未必就是没用的东西,即使对他没有用,但或许对别人有用。但即使真的对另外一个人有用,我们会想到把这个东西送到有用的人手中吗? 起码,你有过这样的想法吗?

懂得珍惜,将有用的东西送给需要的人。我想我得感谢这个叫安东尼的小伙子。

邂逅一枚螺丝母

我牵着六岁的儿子的手走在上班的路上,心情异常烦躁。

因为在早晨的时候,我的摩托车莫名地坏掉了。现在,面对着三公里的

上班路程,我只能步行了。而且,平日里,我总是一个人去上班,儿子则由他的奶奶护送着去学校。显然,儿子成了我走路的累赘。更让我烦恼的是,下午要办的几件事情,都要因为没有车子而不得不拖延。

我耷拉着脑袋慢腾腾地走着。可儿子却丝毫没有受到我的影响,依旧浑身是劲,一路走一路唱。他走起路来很不守规矩,走走停停不说,时不时地还爬高下低,到处撒欢儿。这不,他使劲地挣脱我紧握着他的手,探着头在马路边的花坛里"寻宝"。我一声呵斥:"快过来,那里脏!"他并没有理睬我,依旧我行我素。我又说:"再不走,就把你丢在这儿。"我故意头也不回地大步朝前走,假装丢下他。机敏的儿子立马就追了上来,得意扬扬地把小手伸到我的跟前,手里好像还握着一个东西。

还没等我训斥他扔掉手里的垃圾,他已经将他托着一枚螺丝母的小手掌伸到我的面前。这是一个像纽扣般大小的螺丝母,浑身乌黑,里圈里有一层黄色的锈迹。真是一个脏兮兮的东西,我讨厌儿子这种捡垃圾的习惯——我心里这样想着。

我假惺惺地说:"给爸爸看看好吗?"我试图把这个螺丝母骗取过来,然后扔掉。但是,儿子并没有上当。他已经迅速地将右手掌握成拳头,然后又张开,将螺丝母从右手换到左手,左手再握成拳头。再张开,再换到右手……这样几次以后,最后,他将两个紧握的小拳头并排地伸到我的面前:"爸爸,你猜,在哪只手里?"

我睁大眼睛惊奇地望着儿子,原来他是用螺丝母跟我玩猜物游戏。为了不扫他的兴,我随意一猜:"左手!"儿子张开左手,空的,说完便哈哈大笑:"爸爸,你猜错了,猜错了……"看着他得意而又可爱的样子,我顿时被逗乐了。一眨眼的工夫,他又握好了拳头,让我猜。这下子,我集中注意力,终于猜对了。他沮丧着又重新摆弄,又让我猜……真没想到,一枚小小的螺丝母居然给孩子带来如此"无穷的快乐",在一刹那间,我也忘却了之前的许多烦恼,沉浸在那个阳光灿烂的冬日午后。

到了儿子的学校,我示意儿子把这枚可贵的螺丝母送给我,但是他说什么也不肯,此时,他已经将螺丝母放置在用右手大拇指和食指做成的"小圆圈"里,然后将"小圆圈"贴在眼睛前面。显然,此刻的螺丝母已经成了一个望远镜。"爸爸,你在这个小圆圈里了。"他乐呵呵地告诉我。我目送着儿子走进校园,也带着愉悦的心情走进了工作的岗位。

这个午后,邂逅了一枚螺丝母,我也邂逅了一场阳光灿烂的心情。想来,在这个纷扰的红尘中,我们更应该学学孩童,让快乐的门槛降低,俯下心,去恋一株草、一朵花,追逐一朵洁白无瑕的云,这样,生命,自然每天繁花似锦,温暖无限!

施舍何须理由

我和妻子、儿子三人一起逛街。临近春节的街头不同往日,行人熙来攘往,热闹非凡。就在我给儿子买了好吃的冰糖葫芦让他拿着,准备带他去商场玩耍的时候,我们在商场门前的石板台阶上发现了一个乞丐。那乞丐浑身脏兮兮的自不必说,而且他年纪较大,十分瘦弱。妻子拉着儿子,我跟在后头,眼看就要与他擦肩而过,可是他反复抖动着自己装着几枚硬币的瓷盆发出的声音吸引住我们。我们一回头,看到了他那张饱经风霜的脸。

在平日里,妻子一见到这些年老的乞丐,总是或多或少给予一点施舍。她给我的理由是,这些老人让她想起了已经去世的爷爷。她慈爱的爷爷一生勤俭,抚儿养女,为家庭创造了很多,但还没来得及享福就去世了。她爷

爷去世时那张瘦削、干巴的脸庞永远地定格在妻子的脑海了。为此，每次见到那些贫苦的老人，妻子定然是感慨颇多。

妻子摸了摸口袋和提包，找出了几枚硬币，就要扔到那老人的瓷盆里。我拦住了她，凭着我的阅历和见识，我很冷静地告诉她："没有必要！"我还给了她好几个理由，那老人其实是有劳动能力的人，看他的样子并没有残疾，却出来乞讨，对于这样的人，真的没有必要去施舍给他；其次，眼下靠近年关，乞丐众多，哪里能施舍个完，看起来他们是在可怜地乞讨，其实对他们来说，那是一种谋生手段，一种轻松的谋生手段了罢了；最后，我还幽默地告诉妻子：你难道不知道吗？我们自从买房装修以后，欠债十几万，其实我们也是"乞丐"啊！妻子笑了笑，点头默认。

那老人再一次抖了抖他的瓷盆子，好像在用清脆的响声告诉我们：你看有人给我硬币，希望你也能给几个。我拉上儿子离开，这时，商场里温暖的空调风吹向我们。我再一次怔怔地看了一下那个老人，他呼呼地喘着气，白色的雾气从他口中散出。是啊，这个冬天太冷了！好在我很快就可以回到温暖的家，而眼前的这个老人会住在哪里呢？或许他也有他的居所，会不会是个漏风的地方？会像我的家一样有温暖的空调吗？想到这些，我突然犹豫了，我掏出口袋里几枚硬币，数了数，交给了儿子。妻子也对我的行为大加赞赏，她告诉儿子："你看，这个老爷爷多可怜啊，儿子受了引导，慢慢走到那老人跟前，将几枚硬币放在那早已伸出很远的瓷盆里。

就在这时，又有几枚硬币掉落在老人的瓷盆里，发出清脆的响声，我一回头——是位穿着时髦的年轻女性，她洒脱地收回了自己的手，然后头也不回从容地走进了商场，我没看清她的脸。

我跟在她的后头进入了商场。在一瞬间，我忽然心生感悟：既然施舍，何须那么多的理由？

也可以向生活低头

分别有两年不见的友人约我去公园散步谈心。

我们走在一片生长着高大挺拔的杉树的林子里。在浓密的林荫道中，我们找了个凉椅随意地坐下。友人慢慢地向我讲述起她的心事。

原来，在与她两年没见面的时间里，她几乎经历了一个女人这一辈子所有不幸的事情。起初，她离开了原来的单位，找了一个收入虽然微薄但却稳定的清闲工作。然后凭着她的闯劲，她独自下海，经营了一家美容店。不幸的是，一年后，她发现自己受骗了。自己所投的资金，亏得一干二净。而就在此时，她偶然发现自己的老公竟然背着她偷偷地在外面有了别的女人。在那个落魄却又心碎的晚上，友人突发心肌梗死。幸好，抢救及时，救回了一条命。如今，自己两手空空，但她还是毅然决定和丈夫离婚。丈夫干脆一不做二不休，就此带着那个女人过日子去了。

听了她的诉说，我感到唏嘘不已，我的心中充满了不平、忧伤甚至是愤怒。我说，倘若当初要是不离开单位，说不定就没有这么多的事情发生，你还不是照样过着和我一样平淡却安逸的生活吗？总不至于落得现在这个样子？

我现在什么样子了？她反问我。显然，她就那种从来都不服输的女人。在跟我讲那些事情的时候，她没有丝毫的哀叹。她一个劲儿地辱骂前夫，一刻不停歇地又一次描绘着自己将来的美好蓝图。我倒是想劝劝她，不要再

第六辑 总也抹不去的感动

这样折腾下去了，安安稳稳地过点小日子算了。可是她一点也不给我插嘴的机会。她说话的气势根本就不像一个已经四十岁的女人。她的样子让我想起了林子里生长的杉树，它们一个劲儿地往蓝天上拔尖，尽管自己长得不够粗壮。

慢慢地我陪伴着友人往湖心亭走。友人依旧在我的跟前展示着她永不言败的气势。在湖心亭中，我们再次坐下。此时已近黄昏，夕阳照耀着湖面，湖边婀娜的垂杨柳正郁郁葱葱，那柔顺得像绿丝绦一样的柳条直垂到水面。看着这样的美景，我和友人都感到无比惬意舒适，内心都变得宁静了许多。

我还是打断友人的话，轻轻地对她说，如果女人也能像这垂柳一样，懂得向生活低头，谦逊而平和地对待生活，不也是一样的精彩，一样的美丽吗？

告别老屋

我收拾完老屋里的最后一点东西——一张桌子，两把椅子，三只碗，四双或五双筷子，其余的纸箱子和废铁器，都当作垃圾扔在后院里。只有一口大缸，静静地躺在后院的猪圈边，它就是那样斜斜地躺着，张大"嘴巴"似乎想对我说些什么，我知道在它的"肚子"里还有一盆水，里面有好几只青蛙在和它做伴。

我索性关掉了后门，后院的一切便从我的眼前消失，连同那满园丛生的杂草和后院里碧莹莹的池塘。无论如何我要与老屋告别了。因为，在一百多公里外的城市，那里有我装修一新的居所，那一处不大的小屋竟然费尽我几乎毕生的积蓄。关掉前门的时候，我没忘记再次按下那把大锁。望着那把锈迹斑斑的大锁，我拔下了拴着红色长绳子的钥匙。我把它拎在手中，有那么一会儿，我竟然不知道，该将这把钥匙放在何处。

记得小时候上学前离开家，总是我最后锁门拔钥匙，因为那时爸妈总是起早贪黑地干活，自然要走在我的前头。锁好门，我总是会伸长手臂把这把拴着绳子的钥匙挂在门闩后的铁钉上。那时候的我手臂还不够长，总是够不着，为此，我总是将整个身子倚着门，使劲将已经锁好的门往里推，将缝隙推得更大，直到伸进一条腿，伸进半个身子，这才够到了门闩上的钉子。等到妈妈干完活回家时，不费工夫就轻松地摸到了钥匙，如果他们回来的更迟的话，我就会用同样的方式再取出钥匙来开门。那时候的我们从来就没有想过，这样所谓的"藏"钥匙，对于小偷来说，简直形同虚设。可是那个时候，我们几乎很少听说过有小偷，也几乎听不到有谁的家里丢过什么东西。乡村的生活竟然是这样的相安无事。

手拿这把钥匙，我竟然陷入了深深的沉思。几年前失去双亲的我离开家去城市打拼，那时候每个年尾我总是会回来一次。因为我知道，外面的世界再美再好，也不如家里好；更重要的是外面的世界再大，也没有我的立锥之地。每次临走前，我总是收拾好屋子，然后锁好门，将钥匙放在隔壁的二奶奶家。二奶奶会帮我看好屋子，偶尔会给我的屋子清扫，给我的院子除草。然后，她就静静地等我归来，最后将钥匙完璧归赵。

终于，多年以后我拿到了城市的通行证。在那个陌生的地方，终于也有了我的一亩三分地。有那么好几年，疲惫的我竟然忘记了回家。直到我再一次回来的时候，孤独的二奶奶已经去世了，临终的她还嘱咐人保管好我的钥匙。如今，我真的要离开我的老屋了，手拿一把小小的钥匙，我的忧伤却无休无止。我想了想，在我的村子里，除了像二奶奶样的几户孤寡老人外，几乎很少有长住的人家了。我是不是要将钥匙再丢给下一位"二奶奶"呢？可是我又想，即使丢下我的钥匙，我还指望什么呢？有人给我打扫下卫生，

或者说,将空着的房子留给他人居住? 都没有必要了,村子里剩下的空房子还少吗? 这个村子关闭着一座座空房子,只留下那些与世无争的草儿自由地生长着,长大长高,从青草到荒草再到柴火,可怜的是,很多时候,它们连柴火也当不了。

拎着我的钥匙,我找来一个精致的盒子,小心翼翼地把它放在里面,然后郑重地把这个盒子放在我的汽车的后备厢里。

我的车子奔驰着,使劲地奔驰着。车后是阵阵烟气,似乎和那个早已消失的袅袅炊烟告别。目送我的是我的老屋和一座座紧闭的老屋。我带着我的钥匙,目的地是遥远的城市。

这个冬天,我要给父亲买双棉鞋

父亲来到我的住所。那是一处装修一新的现代化小区的两室两厅,这让新来乍到浑身沾着泥土的父亲缩手缩脚。许久,他才适应了下来,甚至在吃饭时还欣然地酌了好几大杯。父亲说本来是要与我商量事情的,不料几句话不对路,父亲就与我吵了起来。对于与父亲的争吵,我早已如同家常便饭,父亲是个头脑简单且十分暴躁的人,小的时候没少挨过他揍。即使长大了,父亲也是动不动就训人。以至于在一段时间,我恨不得与他断绝父子关系。直到我离开了老家,来到县城,才感觉自己这回终于可以轻松了,省得在那个随时可能爆发的"定时炸弹"边上而提心吊胆。

年老的父亲脾气未改,仍像个炸弹似的。这次争吵的最终结果是父亲丢下吃了一半的饭,然后摔门而去。留下满桌的饭菜和一个孤独的我。那时的我就像一个吹满了气的气球,随时都可能爆炸。那个中午,我一口饭也吃不下,满脑子都是父亲动不动就发火的嚣张气焰,一连吸了几口烟也难以平复我烦躁的心。直到我去上班。

　　上班的时候,我披上了新买的皮衣,那是件很光滑的,拎起来重重的,有种厚实感的皮衣,穿在身上顿时感觉暖和舒适又不失时尚。这件衣服上周花了妻子好几百呢!推门出去的时候,我照例穿上自己的那双冬天时穿的棕色休闲鞋,这是双高靴的皮鞋,鞋帮很厚,把脚伸进去,顿时被裹得严严实实,密不透风。在这样一个冬天,蹬起这样一双大鞋,走起路来,稳稳当当,暖暖活活,好不自在。只是心里有些不满的是,这双鞋是去年买的,鞋后帮那里已经绽线了,如果我再多用力,恐怕鞋帮就会撕裂,露出脚后跟来了。因此,我一直在策划着,要跟妻子诉诉苦,叫她给我买双新的,好过冬。

　　走在上班的路上时,我突然想起应该给父亲打电话问他有没有上车,还好他已经上车了,而且看样子他的气已经消得差不多了。而此时,我的脑海里又浮现出父亲先前来的时候的样子,他的上身穿着一件旧皮夹克,那是我五六年前的旧夹克,这件夹克虽然厚实,但是却已经是斑斑驳驳,上面的皮也是到处打褶,好几处已经往下"脱皮"了,我记得当初我已经将它扔掉了,不知道父亲又是从哪里翻出来的。我又回想起我刚回住所的时候,父亲换拖鞋时脱下自己的鞋摆在门口,那分明是一双帆布的运动鞋,那么单薄,比起我的厚皮鞋,差远了。真的很难想象,父亲就是靠着这些破旧的行头过完一个又一个冬天,而现在的他也是一个快到六十岁的老人了。

　　一路上,我在脑海里反反复复地想着父亲和我争吵的情景,各种各样复杂的情愫一齐涌上心头。而更多的是愧疚,真的,即使再大的争吵再大的埋怨那又算什么呢?想想父亲对我的付出,想想父亲对自己的苛刻,一切都可以忘掉,一切就应该抛到九霄云外。

　　这个冬天,我要给父亲买双棉鞋。

总也抹不去的感动
第六辑

我的车里有个会飞翔的水母

六岁的儿子坐在我的弯梁摩托的弯梁里,他总是喜欢不停地摩挲着摩托车的车头。他似乎总是没有一刻安宁——吃午饭的时候,他拿着乒乓球拍子将白色的乒乓球赶着满地打滚儿;午休的时候,我趴在床上打瞌睡,他一边看电视,一边高兴得在床上乱碰乱跳;我说,我们要去上学了,他大叫着要找他的"起子",他说了不下十遍,可我们就是不明白,原来他是要找"尺子"……我生拖硬拽,才把他拉上车子,可是他嘴里还在不停地嘀咕着。

我小心翼翼地看着路,驾驶着摩托。

"水母,水母……爸爸你看,水母!"我没理睬他,他继续在不停地发表着他的言论,时不时地他回头示意我看他手指头指着的地方。"水母,就是水母嘛!你看!你看!"我敷衍着低头看去。他的手指着摩托车左边手柄的方向灯开关。那个开光往前一按,远光灯,往后一按近光灯,按钮上有一个图标——近似椭圆的灯泡,前面是一排笔直的光束。这自然表示这是远光灯。可是再仔细一想,这分明就是一个活生生的水母嘛:圆圆扁扁的透明的身体下一根根会摆动的胡须。这就是水母啊!

我为儿子的发现感到惊异。他没有说谎,我的车里的确有个水母!我大声地应和着他:"是啊!那是水母。"

这回儿子没有理睬我,他还在继续他的演讲:一个水母在大海里飞,飞啊飞,突然,它被一个大网给罩住了。它飞啊飞,怎么也飞不出去,它找不到出口,因为它找不到出口,爸爸,它找不到上面的出口呢……我静静地听着儿子给我讲的故事。一刹那间,我的思绪仿佛飘进了深蓝色的大海,那里有许许多多会跳舞的精灵,就像那许许多多自由自在的水母一般。

儿子欢跳着跑进学校。

傍晚,我又像只快乐的水母一样奔到学校去接儿子。

儿子一放学回家,就要守在电视前。那五花八门的动画片成了他最好的朋友。一个"红太郎"变成"美羊羊"的故事情节,他会反复地看上一遍又一遍,每一遍都乐得哈哈大笑,每一次都要乐得在沙发上蹦上一次。如果你在旁边的话,他就把小嘴贴到你的耳边悄悄对你说:那个不是真正的美羊羊,她是红太郎变的——然后就是"咯咯咯咯"地笑个不停。更不要说什么《虫虫总动员》和《海底总动员》,每当看到这些系列的动画片,第一个被动员起来的就是儿子,然后就是他被乐得又是蹦又是跳,满屋子里是他莫名的笑声。

在一遍又一遍地温习着那些经典情节中,他快乐着欣喜着,直到他妈妈回来。

这不,妻子下班回来了。儿子好像没看见她似的,还是乐得在沙发蹦啊跳的。妻子发号施令了:"宝宝,拼音抄写了吗?今晚该写'Z、C、S'了!"

"妈妈,你看,他变成了海里的鱼了,那个红色鱼就是他,你快看,你快看!"

"看什么看!一天到晚就知道看动画片,快把作业拿出来!"妻子盛气凌人地走到儿子跟前,把遥控器给我,"写不写?写完了再给你看。"妻子一点儿也不妥协。

"妈妈,我明天才写过!"儿子似乎有点强词夺理。

"什么?马上就写!"

"我明天才写的,我写了'Z、C、S'的。"

"今晚的事情必须今晚完成,不要拖到明天!听到没,再不写我马上把电视给关了。"妻子已经伸出手掌,做出要打儿子的样子。儿子有点害怕,

只好从沙发上下来,躲在一旁,不过他的眼睛还是盯着电视机。

"这个孩子真是不得了,我叫他现在写作业,非说要明天写。真是越来越不像话了!"妻子将怒火喷向了我。

"我来问问。"我示意妻子平静一会儿。

我轻轻地走到儿子跟前,俯下身子问他:"宝宝,现在开始写拼音,知道了吗?"儿子斩钉截铁地说:"我明天才写过!"

我抓了抓脑袋——明天才写过?既然写过,怎么是明天才写呢?我思忖着,半晌,我终于一拍脑袋,恍然大悟:原来在儿子的词汇世界里,"明天"就是"昨天"。怪不得上次他跟妻子说,我过会儿已经写过作业了。

我想,我永远也不知道儿子的心里在想什么,就像我们许许多多的大人永远也不知道孩子的心里在想什么,因为我们都没有想到我车子里面会藏着一个会飞翔的水母。